读者精华文摘
Duzhe Jinghua / Wenzhai

从伤感到月亮的距离

陈晓辉　一路开花◎主编

煤炭工业出版社
·北京·

图书在版编目（CIP）数据

从伤感到月亮的距离／陈晓辉，一路开花主编 . - -
北京：煤炭工业出版社，2015（2023.1 重印）
（读者精华文摘）
ISBN 978 - 7 - 5020 - 4951 - 5

Ⅰ．①从…　Ⅱ．①陈…　②一…　Ⅲ．①散文集—中国
—当代　Ⅳ．①I267

中国版本图书馆 CIP 数据核字（2015）第 206845 号

从伤感到月亮的距离

主　　编　陈晓辉　一路开花
责任编辑　马明仁
责任校对　郭浩亮
封面设计　宋双成

出版发行　煤炭工业出版社（北京市朝阳区芍药居 35 号　100029）
电　　话　010 - 84657898（总编室）
　　　　　010 - 64018321（发行部）　010 - 84657880（读者服务部）
电子信箱　cciph612@126.com
网　　址　www.cciph.com.cn
印　　刷　北京飞达印刷有限责任公司
经　　销　全国新华书店

开　　本　710mm×1000mm$^1/_{16}$　印张　14　字数　180 千字
版　　次　2015 年 10 月第 1 版　2023 年 1 月第 5 次印刷
社内编号　7797　　　　　　　　　定价　46.00 元

版权所有　违者必究

本书如有缺页、倒页、脱页等质量问题，本社负责调换，电话:010 - 84657880

把生活过成最美的诗句

雪 炘

他是为数不多,没被我的直接尖锐吓跑,而每次都表现得很绅士的男生。

他家离我住的地方不远,当我将他挑剔到无力反击的时候,他说见面吧。既然那么有缘,我也闲来无事,见面谈谈无妨。

他说他想了好几天,见到我要聊什么,可见面还是显得很沉默。

我说,你平时生活中就这么不爱说话吗?

他说,大抵如此吧。

我心想,这样才好,因为他说话直接到让你吐血。比如,他见到我第一句话是,你的身体状况比我想象中严重很多。

我点点头,微笑,因为感觉没法接。

他又杀出第二句,说,你能说话吗?

我脑子里"嗡嗡"作响,气流从鼻孔涌出,却只能继续微笑。

他马上接着问,你笑什么?

我笑着摇摇头,说,我们还是走走吧。

夏天清晨的校园有轻凉的风,我却感觉太阳照在肌肤上,有一种灼烈的想逃脱的感觉。走到阴凉处,他很仔细地擦擦石椅,和我并排坐下来。这次好像好了一些,我们开始聊新闻和电影。可没过多久,我又没法去接他那独特的言辞,我们继续漫步。

再遇阴凉处,他又掏出纸巾,仔细擦着凳子,然后走向垃圾桶。我们坐在树下,开始聊生活和感情,这次感觉好了很多。微风拂过草地,树上的虫子不断落在我身上,他一个一个捉走。

我问,为什么虫子不落在你身上?

他说,因为你是香的,我是臭的,它也懂得吃香的喝辣的。

我瞬间要跪着感谢上苍,原来也给了他幽默细胞。

后来相处久了才发现,他说话总是那么不紧不慢、面无表情,但每句话都能让你笑到半死。他对人的关照,自然中透着细致,细致到会默默抚平你发间的疲惫。

他会把你爸、你妈,改说成叔叔、阿姨。每次出门,他都会把沿途的垃圾收集在一个袋子里,然后找垃圾箱放进去。如果道路狭窄,他就将我拉到旁边,让别人先过。如果是晚上,他会提醒我,说话小声点,别打扰别人休息……

我从他身上清晰感受到一个词——教养。

有个朋友说,教养不是道德规范,也不是小学生行为准则,其实也并不跟文化程度、社会发展、经济水平挂钩,它更是一种体谅,体谅别人的不容易,体谅别人的处境和习惯。

同样,教养是能够从内心深处,理解和接纳别人不常规的地方。其实生命的相同之处就在于他们用各自的特点,表现出了完全不同的样子。

阅读是为了解释经历，而经历能够让一个人足以体悟他人。有了这种体悟，你才能在生活中更好地与一切相处。你不会粗暴地赞美或者责难，因为你明白，所有事物背后都有一道逻辑链，只是我们常常忽略或看不到。

我们都是有教养的人吧，所以才没在不美好的相遇中，匆匆抽身而退。我叫他"澳大利亚"，因为他像一部百科全书，好像什么都知道；虽不扎堆，却富足优雅，仿佛拥有一个完整的世界。

我们常常聊电影、聊生活、聊工作，他的每句话永远那么搞笑，却能耐心听你说任何事情，然后不紧不慢发表言论。

他从开始就教了我一个词，叫"无欲则刚"。起初我不太明白，后来我懂了：只有对外界毫无索求的人，才能在生活的每一场剧目中，优雅地缓缓出场和落幕。而我们都活得太急躁，什么事都在争取时间，不经意间就提高了语速和步伐，却不知道如何将自己拉回来。

一直被教导着做一个有用的人，去干伟大的事情。可是，何为有用的人，何为伟大的事？有人为了达到自己的目的不惜用各种技巧和方法，去损害别人的利益，甚至尊严。这种人就算腰缠万贯，成为世俗意义上的成功者，你能说他是个有用的人，做了伟大的事吗？

我们都是尘世里的平凡人，平凡到如同一颗沙子，一阵风吹过就消失不见。阅读不会让你变得伟大，更不会成就你的梦想，它只会让你在平凡里从容不迫，成为一个有教养的人。

在偌大的宇宙空间里，我们本身是没有任何意义的，我们只对彼此有意义。于本身生命而言，最幸福的不是你被多少人熟知和认可，而是你有情趣把细小的日子过到精致。

书里教给我们为人处世的技巧和方法，我们要了解和懂得，但不要让自己成为技巧和方法的载体。所有的方法和技巧，都是为了彼此更好地沟通和理解,而不是为了达到自己所谓的目的。如果你本身就是在演戏,那演技再好,也不过是戏。人与人之间重要的是坦诚,直接表达,好过一切粉饰过的委婉动听。

我们可以普通,但要像"澳大利亚"一样绅士优雅,把生活过成最美的诗句。

2015 年 5 月 13 日

书于陕西杨凌

雪炘,先天性脑瘫患者。拒绝《感动中国》栏目组邀请,拒绝接受残疾补助。热爱生活,尊重平凡。文章常见于《青年文摘》《思维与智慧》《疯狂阅读》《做人与处世》《课堂内外》《知识窗》等杂志,并入选多部图书。获全国性文学奖数次。

目　录

第一辑　这一生，只为爱而活

人性因爱而伟大，也因爱而变得丰盛灿烂。爱一个人，就会执念地为对方拼尽全力，从而焕发强大力量。最后成全了对方，也成就了自己。愿爱，使我们变得更好！

第二辑　总让你赢的那个人

一切毫无理由的妥协和忍让，无非就是出于无私的爱。遗憾的是，这个道理我们到很久以后才懂。

第三辑　这个世界我来过

生命如此短暂如此脆弱,也许在某一时刻,便悄然搁浅。可是,唯有爱,才能让这躯体永存和延续。

第四辑　请再给我多一点时间陪着你

陪伴是最长情的告白。每一对相知的恋人,都有属于自己的情关。坚持走,不放弃,愿天下有情人终成眷属,笑看春月秋风。

第五辑　遇见你之前,我是一株狗尾草

真好,在似水流年的日子里,羸弱的自己,遇见同样羸弱的你,然后互相鼓励,走过生命中最艰难的日子。

第六辑　生命里那些未曾掉下的泪

要经历多少苦难，蹚过几次泥沼，我们才能放声肆意地哭和肆意地笑。希望每个人都是这样，在最后的最后，你的所得可以配得上你受过的苦。

第七辑　与世界轰轰烈烈地说再见

人生匆匆，出生的方式我们无从改变，但我们可以选择告别的方式，轰轰烈烈地向那片故土说再见，也算是为人生画上了精彩的句号。

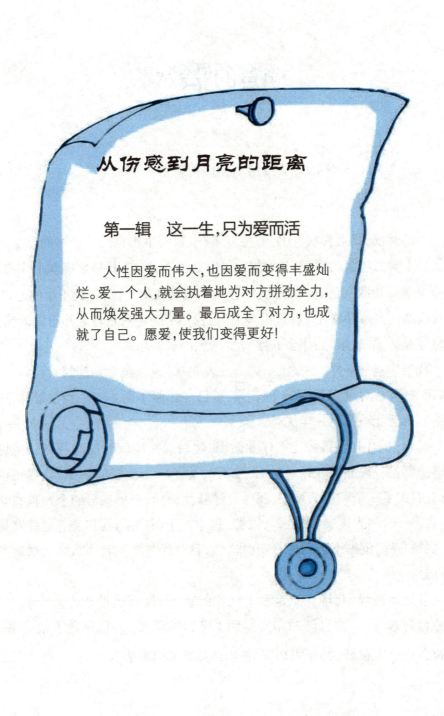

从伤感到月亮的距离

第一辑　这一生,只为爱而活

人性因爱而伟大,也因爱而变得丰盛灿烂。爱一个人,就会执着地为对方拼劲全力,从而焕发强大力量。最后成全了对方,也成就了自己。愿爱,使我们变得更好!

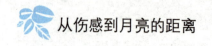

爸爸的"冷水"

罗光太

父爱是沉默的,如果你感觉到了那就不是父爱了!

——冰心

小的时候,我就喜欢看书,看得多了,也就萌生出自己试着写的念头。记得那是小学三年级的时候,学校里已经开始教写作文。我特别喜欢上作文课,老师也很喜欢我写的作文,每次都会当成范文在班上读,让我小小的心里充溢着满满的自豪和喜悦。看过很多书后,我并不满足只是写老师布置的作文,我想写童话,写故事,写很多我脑海里构想出来的东西。

我想像爸爸一样,在报纸杂志上发表文章。爸爸虽然是建筑工程师,但他闲暇时却喜欢写点文章,多年的积累,他已经出版了两本书。我很崇拜爸爸,我希望自己能够像他一样优秀。

每天放学回家后,我先把作业做完,然后躲在房间开始写我自己构想的故事。那是一段累并快乐着的时光,有时为了一个流畅的句子,我得一直修改;有时为了一个贴切的词汇,我得绞尽脑汁;有时为了描写的东西真实有特点,我得长时间去观察。我在写作的过程中终于明白了,写作并非是件容易的事,要想写好,就得下苦功夫。明白这些,我对爸爸能发表那么多文章更是敬佩万分。

可是那时候,我毕竟只是一个九岁的孩子,没有超乎常人的天赋,只是单纯地喜欢写,以为自己的作文得到了老师的认可,并且还看了很多书,我写的文章一定很好,甚至可以像爸爸的文章那样发表在杂志上。

　　我努力了一个星期，终于完成了我的第一篇童话故事，洋洋洒洒地写了好几页纸，我欣喜地把文章拿给正在家里做家务的妈妈看，并且兴奋地告诉她，这是我自己写的故事。妈妈听后，激动地拥我入怀，还没看就一个劲地夸我很棒。我接过妈妈拿在手里的扫帚，她用两只手小心翼翼地翻阅我写的故事，一边看一边不停地夸奖："真棒！写得很精彩！这个故事写得很有趣。"看完后，妈妈又蹲下身抱住我问："这个故事真的是你写的吗？"当她得到我肯定而自信的回答后，她又忍不住抱住我深深地亲了一口，说："我儿子真棒！一会儿你爸爸回来看见了，一定更高兴。"

　　妈妈的激动溢于言表，她甚至在做家务时都哼唱起来了。看着妈妈开心的样子，我心里涌起了无限的自豪感，想象着爸爸回来后激动的样子，我禁不住蹦跳起来，我想爸爸一定会表扬我的，他能以我为荣是我最大的快乐。

　　爸爸下班前，妈妈特意把我写的故事整整齐齐地放在茶几上，她知道爸爸回家后的第一件事就是坐在茶几前喝一杯温水。她希望爸爸在第一时间里看见我写的文章。

　　在等爸爸回家的时间里，我觉得每一分每一秒都好漫长，是种煎熬，不过，是快乐的煎熬，我心里洋溢着无法言说的喜悦。我一直站在窗口探望，希望爸爸会比平时早一点回来，希望他能够早一点看见我的文章，他的意见对我来说很重要，毕竟爸爸发表过那么多文章，毕竟爸爸是我最崇拜的人。

　　爸爸终于回家了，我一脸灿烂地站在妈妈身边，等着我想象中激动的场景发生。妈妈在爸爸进门时就兴奋地对他说："孩子爸，你终于回来啦！快过来看，这是你儿子自己写的故事，真是太精彩了！"

　　爸爸脸上流露出不相信的表情时，妈妈肯定地说："是你儿子自己写的，你还不相信？遗传你的文学基因呀。"

　　爸爸坐在沙发上，认真翻阅我辛苦写了一个星期的文章时，妈妈又一个劲地在边上夸奖我，我自信满满地说："有其父必有其子，我是爸爸的儿子，一定可以像爸爸一样厉害……"

我的话还没说完,爸爸开口了:"没什么意思呀?故事老套,情节也不精彩,我还以为写得有多好呢?"

我一时间愣住了,笑容凝固在脸上。

妈妈急切地反驳:"你儿子才九岁,他主动写文章,你不鼓励他?明明就写得很好!"

"好不好我有自己的判断。明明不好,我可以说好吗?"爸爸理直气壮。

妈妈气得和爸爸吵了起来,我却是委屈而又伤心地哭着跑回房间,扑在床上泪水横流。

我不甘心,一边哭一边暗下决心:我一定要更努力,一定要写出得到爸爸认可的故事来,但我又很疑惑,为什么爸爸不鼓励我呢?反而泼"冷水"?毕竟我才九岁。

后来,我渐渐注意到了,爸爸其实很少表扬我,似乎我做什么事,取得再好的成绩,都很难得到他的认可,他最常说的话就是:"一般,普普通通,没什么意外。"可我那么渴望得到爸爸的认可。还好,一路走来,还有妈妈的鼓励相伴,要不,我真是没勇气也没信心了。

有妈妈的鼓励,我一如既往地喜欢看书和写故事,有点和爸爸赌气吧,我比过去更努力也更投入了,但是爸爸还是常常给我泼"冷水"。

有一段时间,我挺恨爸爸的,觉得他冷血,觉得他不可思议,别的父母总会不断地鼓励自己的孩子,而他却只会泼"冷水"。我恨他,可我又那么迫切地渴望得到他的认可。

为了得到爸爸的认可,我做任何事情都会竭尽全力并力求完美,但爸爸似乎还是无动于衷,就连后来我已经刊发的文章,爸爸看后,也只是说:"一般,还可以写得更好一点。"

我一直在努力,从不敢停歇,所有的付出都只为得到爸爸的认可。爸爸对我很严格,对他自己也很严格,他用行动给我树立了榜样。

渐渐地,在流逝的时光中,我长大了,而爸爸一天天老去。他依旧常常给我泼"冷水",依旧在说"还可以做得更好一点",只有妈妈,她的鼓励从不吝啬，她以我为荣从不低调。可我却在这两种截然不同的表现中读懂了父母对我深沉的爱。

妈妈的鼓励给了我信心和勇气，而爸爸的"冷水"，却让我随时认清方向，保持努力的状态。

记起小时候学过的一片文章，《精彩极了和糟糕透了》。似乎父亲永远都是这个样子，没有什么时候是对孩子满意的，时不时还打击你一下。可是，这就是父亲的爱，因为这伟大的爱，我们才变得谦虚谨慎不自满，不沾沾自喜并能获得更大的成功。

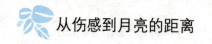
大红皮凉鞋

晴 月

这世界要是没有爱情，它在我们心中还会有什么意义！这就如一盏没有亮光的走马灯。

——歌德

　　夏日的荷塘里，成群结队的孩子们一边吃着刚采摘的莲蓬，一边嬉戏打闹着。她知道，尽管她脚上穿的是那个年代孩子们最羡慕的大红色，荷塘里的孩子也不愿和她玩，她便一直孤零零地待在荷塘边上安静的一角，独自玩耍。

　　那个下午，荷塘里的荷花和荷叶曾唤起她太多美好的思绪。

　　那朵半开的粉红荷花，她认为最好看。若能放在鼻尖嗅一嗅，一定清新芳香；那张又大又新鲜的荷叶，她最喜欢，若能盖在她头上，一定能一片清凉。可怎么才能够到它们呢？后来她这样想着张望着，不由就站了起来。

　　"看那个从别人锅里抢饭吃的'拖油瓶'！"顿时，荷塘里就有个男孩叫了起来。

　　"拖油瓶，没人要，做个棉袄，没棉套……"起哄中，突然一个男孩把手里的莲蓬皮朝女孩扔过来。女孩很意外，她以为他们是把莲蓬扔给她，便本能地伸出了小手。可皮是很轻的，抛出去没多远便落在水面上，荷塘里便响起了一阵嘲弄的喧嚣和大笑。

　　"给。"正当她承受羞辱不知所措，眼前的水面竟冒出一个人头来，接着一大把带着水珠的莲蓬朝她递过来，她看到莲蓬的后面那双眼睛黑亮黑亮，就像天上的星星闪着柔和的光。

"那……"她的手朝刚才吸引她的荷花荷叶指着。

"好。"男孩给她采来那枝半开的荷花和那张又大又新鲜的荷叶,把荷花递给她,把荷叶盖在她头上,就开始剥莲子。他剥了许多,却一直都没吃一个,等他剥好一大把,放进她的手里,她才知道男孩是为她剥的。后来男孩把剩余的莲蓬上的秆都掰去,在她面前摆成一堆,便一头扎进水里不见了。

大概天太热,后来她吃着吃着就睡着了。醒来时,荷塘里已没有了一个人,四周静悄悄的,她顿时毛骨悚然,惶恐得哇哇大哭,就拼命往坡岸上爬,尽管茅草扎得她的脚生痛生痛,也不敢稍作停歇,待爬到坡岸小路上,低头发现脚上的大红皮凉鞋没有了,就哭得更凶了。她四处张望,寻找她的大红皮凉鞋,可哪里也没有;她想回家,荷塘边和小路上却长满了扎她脚的那种茅草;她好害怕,却不敢抬脚向前走半步,就在这时男孩又赶了过来。

"来,我背你!"他说着就在她身前扎了个马步。

"他们都不喜欢我,不跟我玩,还欺负我,偷我的凉鞋。"她擦了把眼泪,正好看到男孩又粗又壮的小腿,爬上男孩的背又委屈地哭泣起来。

"我知道,他们不喜欢你,我喜欢你。"男孩背着她一边走向回家的那条小路,一边哄她,"他们不跟你玩,我跟你玩,有我在就不会让你受委屈……"

当回忆往事,这个下午就像一个瑰丽的梦,总是让她感觉那样的温暖而美好。只是那时她才四岁,对于这个男孩,她只记得他向她递莲蓬时那双黑亮的眼睛,和往他背上爬时看到的又粗又壮的小腿。她并没能记下男孩的长相和名字。

而且,自那天后,她似乎再也没有见过这个男孩。

她不知道男孩是下放到这里的"牛鬼蛇神"的儿子,因父亲一直病着不能出工,只得为生产队放牛来顶替,八九岁了还没上学;也不知道他和她一样,荷塘里的那群孩子也不和他玩。更不知道在她记忆里的这个下午的第二天,男孩就随父亲回了"五七"干校。后来,男孩才开始上学,父亲就死了,只剩下年幼的他和体弱的母亲。他成长的岁月相当艰难;长大后又没能考上大学,也没能找到合适的工作;后来母亲不在后他就去部队当了兵。他一直也没能有条件再走到女孩面前来。

女孩到了花季年龄,出落得格外美丽,上门提亲的人踏破了门槛,都被她一一回绝。因为在关于那个下午的零零碎碎的记忆里,她总觉得自己曾答应过男孩什么,或者她根本就认为,那男孩就是她可以依托的人。这自然是女孩家的秘密。后来,她的年龄一天一天大起来,到了在乡村再不嫁人就成了剩女的时候,就去了远方的一个城市里的哥哥那里。

男孩去部队后一直很努力,不久就破格进了军校,当他在 28 岁那年破格提到了副营,终于有条件把女孩带在身边给她有保障的生活时,他便请假往女孩家来。

"你是……"当他来到女孩家时,天已经黑了,家里只有女孩的母亲一个人。男孩很肯定地告诉老人:"你家女儿一见我就知道我是谁,我这次来是想接她和我一起去部队生活的。"

很显然,老人从来都没听女儿讲过有这么个对象,可看看外面的天,看看风尘仆仆的男孩,老人还是把男孩迎进了家里。

男孩住下后就像这家的女婿一样,第二天一大早便起来打水做饭、和老人一起下地干活、帮老人洗衣收拾房子。老人也像对待女婿一样对待男孩,每天不是杀鸡,就是去邻居家的鱼塘买鱼做给男孩吃。因为在闲聊中她了解到男孩已没了任何亲人,她一直都没把女儿的真实情况告诉男孩,直到男孩假期满了,不得不走了,她才把女儿的情况告诉男孩。

就在男孩来的前几天,老人才收到儿子来的一封信。说他妹妹最近在那边找到了一份满意的工作,他也张罗着给妹妹介绍了一个很不错的人家,妹妹什么也没说,大概是默认了,因此估计很快也就结婚了。只是老人为了让男孩死心,她告诉男孩的,不是她女儿"估计很快也就结婚了",而是已经结过婚了。并叮嘱男孩:"多好的孩子啊,赶紧找个合适的成个家吧!"

男孩离开后,女孩并没和哥哥为他张罗的那人结婚。而且为了不给远方的老人增加心理负担,女孩和哥哥也没把这情况告诉老人。可她终究还是找了一个眼睛黑亮、小腿粗壮、靠得住的男孩结了婚。

那时,人们坐火车上或候车时都爱买份报纸看,就如现在爱玩手机。男孩离开老人,坐在候车室时,在一张报纸上看到了这样一条征婚启事:"如果你成长的记忆里,曾有过一双小小的红皮凉鞋,就是在那动乱的年代里孩子们最羡慕的大红色皮凉鞋,它穿在一个小女孩的脚上。那个下午,小女孩孤独地坐在荷塘一角,荷塘里的孩子都不愿和她玩,只有你给她送来一大捧莲蓬,也只有你在她大红皮凉鞋丢失后,背起她走向回家的路……虽然一个四岁女孩的记忆薄弱得几乎让人无处抓寻,可既然你给我的那种感觉长在了我的生命里,我就要用我能想到做到的一切努力,把这心愿传递给你。如果你还没结婚,我想对你说:我愿你做我的爱人!"

这世间,唯有梦想和好女孩不可辜负。你还记得那个一心想跟你在一起的那个姑娘吗?当时她那么坚定地要跟你在一起……

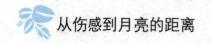

他们也曾这样想过

告 白

青春似一日之晨，它冰清玉洁，充满着遐想与和谐。

——夏多布里盎

高二上半学期，文理分科，我们原来分配好的语文老师被另一位新来的毕业生所代替。据说，她不但相貌出众，还写得一手好文。

我在鱼龙混杂的文科班。这位姓冉名冰洁的大学生，还未到班上便已被传得神乎其神。第一堂语文课前，所有人都提前静坐，等着一窥其貌。

铃声已过了五分钟，这位使得满城风雨的"神人"还未出现。后排的"捣蛋帮"开始窸窣地议论，她是不是得知谣传，自惭形秽，不敢前来了？

这样的臆测一出，马上得到了所有男生的共鸣。他们开始哄乱，开始询问这传言的发起者是谁，欺骗他们的感情，下课得要此人好看。

正当一片哗然之时，一位素装长发的女孩径直走了进来。

我永远都记得，那个清晨的景象。微微的光亮穿透窗帘，洒在她洁白皱褶的T恤衫上，映衬着芙蓉一般的面颊。乌黑的发，被闭门时的清风悠然扬起。她焦急地迈着大步，穿过狭窄的走道，在一片坏男孩的口哨声中完成了初步的自我介绍。

我没有鼓掌，也没有吹口哨。无形中，被一种莫名的力量给吸引住了。

我开始读词研史，争取她课堂发问时第一个举手站起来陈述答案。为的只是获得她倍加赞许的眼神。如果，有那么一次，她将我的作文作为范文在课堂上朗诵的话，我会恍然觉得春风拂面，丝雨缭雾，心里有一朵卑微的小花即将落落绽开。

我尊称她为"冉老师"。但我心里，并没有将她置于老师这个神圣的位置上。譬如，在没有人的时候，我经常会不知不觉地在草纸上写满她的名字；即便之前心中盛满忧伤，可只要想起她，静静地对着那扇紧闭的门，心潮就会得以平息。

由于我在文学上花的时间过多，导致其他学科成绩下降，严重偏科。班主任说，我得全面发展，不能顾此失彼。可我心里清楚，我顾不了那么多，我的心里就没有"彼"。

后来，她主动找我谈话了。站在暖光漫漫的走廊上，我们面朝夏花，讨论着关乎人生大计的学业之事。我唯诺地点着头，心却像楼下的乱红一般，无由无故地落了一地。我多想，要是此刻我们谈论的不是学业，而是其他更为有趣的问题。哪怕什么都不谈，什么都不语，对着此情此景，那该多好！

那夜，我生平第一次失眠了。我恍然觉得内心已犯下了不可饶恕的罪孽——我将老师这一个神圣的影子，在内心给玷污了。

其实，那个暖气逼人的午后我并没有多想，只是单纯渴望能与她默默地并肩牵手，走至那条夏花盛开的小路尽头。不过，这已经不是一个学生该去幻想的事了。我知道，我的思想已经脱离了正常的轨道。

我爱上了我的老师。当我慌乱了几日后，终于得出了这么一个荒谬的结论。

后来，有人谣传，她有男朋友了，并且，将于我们毕业之后结婚。我附和着众人笑谈，心里却是一片模糊。

忧伤像一张密密的网，盖满了我的思绪。我开始努力不去写她的名字，不再去为她静坐，发呆一个又一个午后。我知道，我与她的距离太过遥远，即便我以光速追赶，也抵达不了她的心房。可我不愿就此放弃。

少年的心，坚韧而又易伤。我终于鼓足勇气，在课后的走廊上拦住了她，一脸笑容地问："冉老师，听说你要结婚了，是吗？"

她羞涩地点点头，旋即惊异地问道："你怎么知道的？"

我说，是别人告诉我的，接着，以最快的速度混入了忙乱的人群。

那天，一向循规蹈矩的我第一次逃课了。坐在野草丛生的山林中，独自面对着流云暮色,无措地流起泪来。

之后,她来找过我,严肃地问我为何不去上课。我说,仅此一次,下不为例。她苦涩地笑笑,说知道错了就好。其实,我的意思是告诉她,以后再不会为她而妄自伤神。

内心空洞的我,急需一些事情来加以弥补。毫无疑问,学习、看书成了我的全部。我不敢让自己稍作停顿。因为只要有那么一秒间隙,颅内就会疯长出她的名字。

那一年多的时间,我几乎都忘了是怎么过来的。直到她欣然将大学录取通知书递到我的手里时,我才从那场困梦中苏醒过来。

所有同学都去参加了她的婚礼,唯独我没有。我说,家里来了亲戚道贺,实在脱不开身。

再后来,我去了北方念书,遇见了新的让我伤神的女子。不过,那段关于恋师的情结,我一直无法抛却,也无法从那片愧疚之洋中游弋出来。

十年。同学聚会,俨然已各有家室。当我凭借酒劲,平缓地向当年一起同坐后排的几位坏男孩道出心声时,他们瞬间大笑。

"冉老师啊?我当时还悄悄给她写过情书呢!不过她没回信,哈哈……"

端着青花素白的酒杯,我忽然得以释怀。对于美丽之物,那个年纪的我们,谁不曾如厮幻想过?这么些年的怀想与愧疚,彷徨和思索,原来都只是对青春隐私的一种无辜惩罚。

那些匆匆逝去的青春年华里,谁不曾有过一丝心动。乌黑的马尾、干净的校服、洁白的帆布鞋,甚至一块小小的橡皮擦都会让内心荡起层层涟漪。

世界上最丑的小猫

庞启帆

不害怕痛苦的人是坚强的，不害怕死亡的人更坚强。

——迪亚娜夫人

第一次见到斯沃奇的时候，它正在大火中。那时我和我的三个孩子到小镇外的垃圾场去倾倒一周的生活垃圾。当我们靠近垃圾坑时，我们听见旁边浓烟滚滚的砾石堆里传来一声声猫的惨叫。

突然，一只被铁丝捆住的，正在燃烧的巨大的硬板纸箱爆炸了。爆炸声夹着尖利的猫叫，我们看见一只小猫火箭般"嗖"地窜向空中，然后"叭"地落在已经烧成灰烬的垃圾坑里。

"妈咪，救救它！"3 岁的杰米喊道，她和 6 岁的贝基探头看着还在冒烟的垃圾坑。

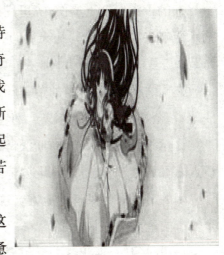

"它不可能还活着。"16 岁的斯科特说。然而灰烬在动，烧得面目全非的小猫奇迹般地站了起来，再挣扎着爬上地面，向我们爬过来。"好吧，我们带它回家！"说着，斯科特蹲下身，用我的大手帕把小猫包裹起来。我很奇怪为什么它对于这增加的痛苦没有喊叫。也许它没力气再叫了。

回到我们的农场，我们就赶紧救治这只小猫。这时，我的丈夫比尔拖着一身疲惫回来了,他一整天都忙着修整栅栏。

"爸爸,我们救回了一只被烧伤的小猫。"杰米说道。看到我们的新"客人",他脸上立刻出现了那种熟悉的"噢,不,再也不要"的表情。我们把受伤的动物带回家已经不是第一次了。尽管比尔不高兴,但他还是不忍心看着可怜的动物受苦。因而,他总是帮助我们,为我们带回来的臭鼬、野兔和小鸟做一些笼子、栖木和夹板。但是,这次不同以往,这次带回的是一只猫。比尔一点都不喜欢猫。

况且,这不是一般的猫,它的皮毛都没有了,全身都是水疱或者黑乎乎的黏连的东西。它的耳朵没了,尾巴烧得只剩骨头。抓捕老鼠时迅雷般出击的利爪没有了,将会在我们车上留下"泄密"脚印的肉掌也没有了。除了那两只大大的钻蓝色的眼睛之外,身上没有什么幸存的地方使它看上去像一只猫了。那双眼睛在祈求帮助,我们能做些什么呢?

忽然我想起了种在院子里的芦荟,听人说它具有治疗烧伤的功效。我赶紧到院子里剥下几片芦荟叶子,把充满黏液的芦荟用纱布包裹在小猫身上,并把它放进了杰米的复活节篮子里。做好这一切,整只小猫只剩下了一张小脸露在外面,就像一只破茧而出的蝴蝶。

它的舌头也严重烧伤,嘴里满是水泡,根本不能舔食食物。我们只好用眼药水瓶喂它牛奶和水。几天后,它可以自己进食了。我们把它起名为"斯沃奇"。

三周之后,我们种植的芦荟叶用完了,我们就给斯沃奇涂药膏。它的尾巴脱落了,全身一根毛也没留下。但我和孩子们都很喜欢它。

比尔不喜欢斯沃奇,而斯沃奇也讨厌比尔。原因是比尔吸烟。当他用打火机点燃香烟时,斯沃奇总是十分惊恐,在碰翻了杯子和台灯之后,一溜烟跑到了空闲的房间里通风口的地方。这时,比尔就会叹气道:"难道我就不能有一个安宁的地方吗?"

一段时间后,斯沃奇的忍耐力增强了。比尔吞云吐雾的时候,它躺在沙发上看着他。一天，比尔对我吃吃地笑着说："讨厌的小猫让我觉得自己像是做错了事。"

斯沃奇的身体逐渐好转，它在姑娘们面前表现出的耐心让我们感到惊讶。我的女儿取下洋娃娃的衣服和帽子打扮小猫，这样"失去耳朵"的缺陷就看不出了。然后她们把它抱到镜子前，让它看看自己是"多么漂亮"。

斯沃奇快满一岁的时候，看上去就像一只缝补过的旧手套。斯科特在朋友中间可出了名，因为它拥有一只在村子里，也许是在这个世界上最丑陋的猫。

斯沃奇渴望到户外玩耍，外面鸟儿、小鸡和花栗鼠的叽叽喳喳声吸引着它。每当给户外的动物们，如墨西哥狼、临时救来的臭鼬、各种蜥蜴喂食的时候，斯沃奇就蹲坐在窗台上，鼻子紧贴在玻璃窗上，出神地望着窗外。然而它最想接近的却是那些保护谷仓的家猫。但自从它失去了爪子的保护以后，我们不能在没人看护的情况下放它到户外。

偶尔，周围没有其他动物的时候，我们也会带斯沃奇到走廊走走。如果幸运的话，金甲虫会误入走廊，从水泥地上爬过。这时斯沃奇会慢慢靠近，然后时而拍打小虫，时而把它踢来踢去，直到小虫四脚朝天翻躺过来为止。这时你会希望，小虫在被斯沃奇吃掉之前已被吓死了。

慢慢地，比尔成了斯沃奇最关心的人，这让我们全家都很奇怪。而且不久之后，我注意到了比尔的变化，那就是他很少在屋里面吸烟了。一个冬日的晚上，我看到了意外的一幕：比尔正坐在火炉前烤火，而斯沃奇竟蜷缩在他的膝盖上。我还未开口，比尔尴尬地说道："它可能怕冷。你知道，它没毛了。"但是，我记得斯沃奇喜欢冰凉的地方。它总是睡在通风口前面或者在冰凉的砖地上面。也许比尔开始有点儿喜欢这只怪模怪样的小动物了。

但并非每个人都可以感受到我们对斯沃奇的感情，特别是那些从未见过斯沃奇的人。有谣言传到一群自封为动物保护者的耳中，于是有一天，他们其中一人找上门来。

　　"我们接到许多电话和信，"那个女人说，"所有这些热心的人们都在关心您家里一只可怜的烧伤的小猫。他们说，"说到这里，她放低了声音，"它在受苦。也许它应该被从痛苦中解救出来。"

　　我立刻生气了。比尔更是火冒三丈。"它是被烧伤的，没错。"他说，"但是您怎么知道它现在在受苦呢？请注意您的用词。"

　　"过来，猫咪。"我喊道，却不见斯沃奇。"它可能藏起来了。"我说，但我们的客人却不出声。我转身看到她的时候，她的脸色灰白，嘴巴张开，手指指着一个方向。

　　我顺着她手指的方向看去，只见浑身无毛的斯沃奇藏在 150 加仑的鱼缸后面，它的个头似乎被放大了十倍，双目怒视来访者。样子让人望而生畏。透过这片绿色的水中迷宫，斯沃奇就像一头霸气十足的暴龙斜视着这位女士，它已不再是这位女士想象中的那只"烧伤的、痛苦的、可怜的小猫"。斯沃奇张开嘴巴，露出长剑似的牙齿，在灯光下，这牙齿令人生畏地闪着光。很快，这位女士告辞了。出门时，她的脸上已露出微笑，微笑中透出一分尴尬，但更多的是如释重负。

　　斯沃奇两岁那年，一件不可思议的事情发生了。它开始长出软毛来，是那种白色的小绒毛，比小鸡身上的绒毛还要软，还要好看。绒毛逐渐长到了三英寸多长，这让我们丑陋的小猫好像变成了烟雾般的一个小毛团。

　　比尔继续享受着斯沃奇的陪伴，尽管二者是那么的不协调——一个是饱经风霜的农场主，驾车四处奔忙，嘴里叼着一个并未点燃的烟斗，而陪伴其左右的却是一只毛茸茸的白色小生灵。比尔带斯沃奇驾车出去巡视牲畜时，为了斯沃奇舒服一点，总是为它开着空调。

　　斯沃奇三岁时，有一天比尔带着它一起去寻找失踪的小牛。找了几个小时之后，比尔下车去查看，车门没有关。牧场很干燥，草儿都已经干枯。一场暴风雨就要来临，还没找到小牛。比尔感到泄气了，随即不假思索地从口袋拿出打火机，旋动火轮打火。一点火星溅到了地上，几秒钟之后干草就燃烧起来了。

惊慌失措中，比尔把小猫抛在了脑后。后来火势控制住了，小牛也找到了，但比尔回到家后才想起小猫。"斯沃奇！"他急忙喊道。"它一定跳下车跑了！它回家了没有？"

没有。我们知道，在离家两英里远的地方它不可能找到回家的路的。更糟糕的是，这时外面已经大雨滂沱，我们根本无法出去寻找它。

比尔忧虑万分，不断地自责。我们知道斯沃奇无力对付那些掠食动物。第二天我们一整天都在寻找它。但是没有用。

两周之后，斯沃奇仍然没有回家。我们都绝望了，因为雨季已经来到，鹰、狼、野狗这些肉食动物为了养家活口，要开始大肆捕猎了。

紧接着，一场50年来最强烈的暴风雨袭击了我们地区。清晨，洪水蔓延几英里，一些野生动物和家畜被洪水驱逐到较高的地面上。受惊的兔子、浣熊、松鼠和老鼠在等待着水退去。比尔和斯科特在深至膝盖的水中涉水而行，把叫个不停的小牛犊送到牛妈妈身边去，再把它们转到安全的地方。

我和女儿正目不转睛地望着这一切，突然杰米喊道："爸爸，那边有只小兔，你能救救它吗？"

比尔涉水走到那只动物趴着的地方，但当他伸手去救那个小家伙时，小家伙恐惧地往后退缩。"我不敢相信，"比尔喊道，"是斯沃奇！"这时他的嗓音变了："小斯沃奇。"

当可怜的小猫爬上比尔的手掌时，我的鼻子一酸，眼泪忍不住流了出来。比尔把小猫颤抖的身体放在自己的胸口上，温柔地跟它说话，同时轻轻地擦去它脸上的泥巴。而小猫蓝汪汪的双眼一直注视着比尔的眼睛，眼里透出一种无言的理解。它已经原谅了他。

斯沃奇又回家了。在我们为它洗澡时，它所表现出的耐心令我们感到吃惊。我们喂它吃炒鸡蛋和冰淇淋，并且使我们高兴的是，它看上去恢复了健康。

但是,斯沃奇从未真正强壮起来。在它刚刚 4 岁时,一天早上,我们发现它软绵绵地躺在比尔的椅子里。它的心脏完全停止了跳动。

我们用比尔的一条红色手帕包起它的身体,把它放进孩子们的鞋盒中,然后在后花园埋葬了它。当晚,我在日记中写道:"斯沃奇教我们学会了信任、友爱,让我们懂得了面对不可能的逆境时也不要失去希望。它提醒我们,不是任何外在的事物,而是我们内心深处的某种东西起决定作用。"

这些正是斯沃奇至今仍然活在我的心里的原因。对我来说,它永远是世界上最漂亮的小猫。

生命的本质是坚韧,执着,顽强,存活,最后传达的意义便是温暖。这是生命的作用,用自己来感化其他生命!

动物小品

庞启帆

爱是理解的别名。

—— 泰戈尔

灵 性

家里养有一条小狗,很瘦弱。一段时间之后,觉得实在无法养下去了,父亲趁出差之机,把它丢在了离家一百多公里远的一处郊野,让它自生自灭。

丢掉小狗后的第八个晚上,我正要就寝,门外突然响起哭泣的声音,并有抓门的响声。

我打开门一看,门外站着那条瘦弱的小狗。一周时间不见,加上一百多公里的跋涉,它更瘦弱了。

看着那双泪水汪汪的眼睛,我一把抱起它,潸然泪下。

母 性

8 岁那年,跟父亲上山打猎。

来到一个山岗,突然看见一只鸟,翅膀像是受了伤,艰难地在地上一蹦一

19

扑向前走。我大喜,就想上去把它捉住。

父亲却叫住了我:"孩子,放了它吧。这是只母鹌鹑,它怕我们伤害小鹌鹑,正设法把我们从它的鸟巢引开。"

我在周围找了一下,果然发现一个鸟巢。鸟巢里两只小鹌鹑睡得正香。

在我走近鸟巢的那一刻,传来了刚才那只母鹌鹑绝望的哀号声。

那次打猎,在我幼小的心灵刻下了一个叫母性的概念。

无论何时,我们都该对生命展现最柔弱的一面,不管是同情也好,热爱也罢。

母亲的勇气

一路开花

母爱是世界上最伟大的力量。

——米尔

2006 年 12 月 14 日,深夜 11 点 24 分,在美国洛杉矶国际机场,一位头发花白的东方女人引起了所有乘客的注意。

她挎着黑色的背包,背包上贴有一张用透明胶带层层缠绕的醒目的 A4 纸,上面用中文写着"徐莺瑞"三个字。

这些从萨尔瓦多飞到洛杉矶的乘客,几乎都是拉丁美洲人,他们根本不懂中文。这位衣着朴素的东方女人在等待了许久后,终于开始在人群中用蹩脚的普通话挨个询问:"请问你会说中文吗? 请问你会说中文吗? "

临近午夜 12 点,她终于找到了救星。一位黑头发的男人驻足她的身前,低头端详她手里的纸条:"我要在洛杉矶出境,有朋友在外接我。"

其实,在这张揉得皱烂的纸条上,还有另外两行中文,每行中文下面都用荧光笔打了横线,方便阅读。

第一行中文:"我要到哥斯达黎加看女儿,请问是在这里转机吗? "下面,是两行稍微细小的文字,分别是英语和西班牙语。

第二行中文:"我要去领行李,能不能带我去?谢谢!"接着,同样又是英文和西班牙语的翻译。

原来,她的女儿在十年前随女婿移民到了哥斯达黎加。如今刚生完第二胎,身子虚弱至极。女人思儿心切,硬要从台湾过来看她,帮她坐月子。女儿执拗不过,便在越洋信件中夹带了一堆纸条。

如今,她已帮女儿坐完月子。女儿原本要陪她到洛杉矶机场,结果却因买不到机票不得不作罢。女儿为了让她有安身之处,特意请求远在洛杉矶的朋友帮忙。为了方便相认,女人便特意在背包上缠裹了醒目的 A4 纸。

很多人都以为,这不过是一个简单的行程。可深知航班内情的那位黑发男人,却不禁被这简单的描述感动得热泪涟涟。

从台南出发,要如何才能到达哥斯达黎加呢?

首先得从台南飞至桃园机场,接着搭乘足足十二小时的班机,从台北飞往美国。再次,从美国飞五个多小时到达中美洲的转运中心——萨尔瓦多,然后才能从萨尔瓦多乘机飞至目的地哥斯达黎加。

她曾在拥挤的异国人群中狂奔摔倒,曾在午夜机场冰冷的座椅上蜷缩,也曾在恍惚的人流中举着救命的纸条卑躬屈膝……这一切的一切,不过只是想亲眼看看自己的女儿。

这是一位真实而又平凡的中国母亲,来自台湾,名叫蔡莺妹,67 岁。生平第一次出国,不会说英文,不会说西班牙语。为了自己的女儿,独自一人飞行整整三天,从台南到哥斯达黎加,无惧这 36000 公里的艰难险阻与关山重重。

她让我们看到了一位母亲因爱萌发的勇气。这种藏匿在母性情怀中的勇气,从始至终都不会因距离和时间而改变心中的方向。

记忆里的母亲总是那么羸弱,身体不好、吃饭不好、睡眠不好。每想起一次就心疼一次,那个固执的人,总是在爱我们的时候拼尽全力!

给你人间寻常爱

郭 利

母亲的低语总是甜蜜的。

——英国谚语

一天,12岁的儿子放学回家,忽然问我:"妈妈,假如,假如啊,你别当真,我说的是假如。"

我看他如此郑重,便有些好奇,说:"我知道你是假如,假如怎么样?"

"假如,我被很严重地烧伤了,需要植皮……"

我打断孩子的话,当即接口:"妈妈自然给你我自己的皮肤。"

孩子摇头:"我当然知道你会给我,可我说的不是这个。你听我说,植皮手术只能在人清醒的时候才能进行,如果供皮人昏死或者麻醉都没有效果,而植皮的痛苦是人没法忍耐的,不可能不痛昏过去。如果是这样,你怎么选择?"

我说我当然选择不打麻药。

儿子说:"那你就会昏死过去了,植皮也是没用的。"

我说:"那,那可怎么办呢?"

"告诉你吧,有个妈妈可伟大了,她选择了不打麻药,并且要求每一次自己痛昏过去就让医生把她唤醒,一次又一次,最后终于把新鲜的皮植入孩子的皮肤。"

听了孩子讲的故事,我不禁惴惴不安:我怎么就没有想起这样的办法,难道面对那样的生死考验，我会退缩吗？这故事一直牵牵缠绕在我的心间，为自己母爱的不够而惭愧。

时隔不久放暑假，儿子的父亲邀他去南方他那里。一个月之后回来，他对我们朴素的家便是百般挑剔。他满怀羡慕喋喋不休地跟我说起父亲的大房子和漂亮的车，以及在父亲家中过的随意而奢侈的生活。然后仰头问我："你不是总说最爱我吗？可为什么舍不得给我花钱？你为什么不能让我过像妹妹那样的生活呢？"

本来欢喜的我顿时沉默了，内心百般惶惑痛苦，眼泪随即涨满眼眶。单亲十年，独自带着孩子那份艰辛困苦无法对人言，原以为孩子会懂得，哪料到糖衣炮弹是如此厉害，一个月的自在生活便摧毁了十年的爱与柔情。

面对孩子，我竟不知如何回答。忽然又想起那个伟大妈妈的故事，刹那间心地洞明。

我认真地对孩子说："妈妈是普通女子，没有能力挣更多的钱让你过上更好的生活。并且假如你遇到类似需要植皮的生死考验，我也很可能想不出做不到那样伟大的行为。我能够给予你的不过是人间最寻常最普通的爱。在你

哭泣时会立刻把你抱起，会在你需要的时候耐心地陪伴你，把我全部的时间和精力都给你，看着你每一天的成长。如果你觉得这些爱抵不过物质金钱，妈妈尊重你的选择，你可以去你爸爸那边生活。"

儿子愣住了，然后望着我说："不，我要和妈妈在一起，没有妈妈在身边，那样的生活我不再羡慕。我也不期待什么生死考验，只要妈妈每天给我的那些寻常的爱。"

是啊,我们都是普通人,无法用千金宝马赢得心爱之人的展颜一笑;我们也遭遇不到考验生死的机会,无法那样演绎荡气回肠的故事。于是,在那些平淡琐碎的日子里,我们能够给予最爱的人的不过是那人间最寻常的爱。那一蔬一饭,一言一语,一寸寸光阴,是我们能够付出的最卑微也是最宝贵的爱。

不是每一对母子或者亲人,都会面临万难的艰难时刻,不是每个人都可以有机会做这些感天动地的大爱。可是,我们的每一天,不是都在爱的海洋里吗?我们用具体细微的小事,来默默地为对方抵挡严寒。我们就是这样爱的!

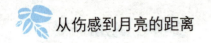

六千步的长度

杨宝妹

爱就是充实了的生命,正如盛满了酒的酒杯。

——泰戈尔

重庆西南边陲之地有一座鲜为人知的千年古镇——江津中山镇。立于此镇,往南 30 公里,便可亲触云贵两省的交汇之林。几年前的中秋,一支户外旅行探险队曾在无意中走到了这里。

前方已没有继续行进的山路,目及之处,皆是绵延不绝的莽莽苍山。此刻,他们已经徒步了整整两天两夜。

没有腾升的炊烟,亦没有登山采药的农人。无奈之下,他们只得做出沿路返回的决定。正当众人转身欲罢之时,一位手握望远镜的小伙儿忽然发出了兴奋的声音:"看哪! 对面山上竟然有条路! "

路是人走出来的。此地乃是人迹罕至的原始森林,怎么可能会有拾级而上的路?

这条来历不明路,成了众人心中的导航灯。他们顺着这条布满新鲜凿痕的路,缓缓而上,足足两个小时才抵达山顶。

眼前的景象惊呆了这支户外探险队的所有成员。在云雾缭绕,清风拂面的山顶,不但有成片的蔬菜和茁壮玉米,更有《桃花源记》中的屋舍俨然。

顷刻,身着老式蓝布衫的一男一女背着柴火从山林中走了出来。探险队的成员不禁被眼前的美景所吸引,从包里掏出张相机,眯着眼睛,"咔嚓"一声,照了张相。谁知,这个看似平凡无奇的举动,竟把女人吓得惊慌失措,一个箭步躲在男人身后,再不肯出来。

没人知道，在这片云蒸霞蔚的森林中，竟隐藏着一段长达56年的惊天动地的爱情传说。

他叫刘国江。第一次见她的时候，他尚且是个不谙世事的孩子。而她，却已为人妻。当地有种风俗，换牙的孩子，如果能得到新娘的抚摸，那么，日后长出的新牙势必洁白整齐。

母亲抱着他去了。他啊啊地张着嘴巴，等待她的手指。他被大红的花轿吸引住了，全然没有注意到持续下落的口水。母亲拍拍他的后背，他猛然回过神儿来，在闭上嘴巴的同时，也狠狠咬住了她的手指。

所有人都笑了。他记住了她的名字——徐朝清。

十几年后，丈夫病逝，她成了身系四儿的苦命寡妇。他毅然不顾家人反对，誓要娶他为妻。但在那个思想保守的年代，没人能够接受一个年轻壮士的小伙儿与年长其十岁的寡妇结合。

村里流言四起。那些恶毒的话，直到今日，他仍然记得一清二楚。

为了躲避红尘纷扰，在一个下着清幽细雨的夜里，他勇敢地牵起她的手私奔了。

从此，他们的世界里只有孩子与荒坡，只有流云与山峦，只有六千万年前的褐色丹霞地貌与侏罗纪时代的桫椤树。

她越发想家了。她对他说，想回家看看，毕竟来世一遭，不论如何，皆不可六亲不认。可她已不复当年的矫健女儿身。为了圆她这个日渐苦涩的梦想，他决定为她修一条回家的路。

她得照看年幼的孩子，兼顾家务。没人能够帮他。因此，开山凿石的重担，全落在了他一人身上。一个人要修完一座高山的石梯，而手边却没有任何现代化的工具，只能依靠最原始的铁锹和铁凿，这项庞大工程的难度，丝毫不亚于精卫填海。

从此，他早出晚归地开山修路，累得几乎瘫倒在地。他从没想过放弃，尽管争分夺秒地干一年，也只能敲出百米之距。

他记得，他修第一级台阶的时候，尚且是个黑发健齿浑身蓄力的小伙子。

敲着敲着,头发白了,再敲着敲着,牙也掉光了。

时光荏苒,50 年的岁月悄然而去。终于有一天,他发现梦中的路,竟在不知不觉中修成了。为了送她一条回家的路,他把铁锹凿烂了 23 根,铁镐刨坏了 45 把。

林中多雨,山路易滑,他怕她在回家的途中摔跤,因此,在沿路的峭壁上凿出了许多扶手,好让妻子在行走的时候能有所依靠。

我想,世间没有任何语言能够形容,当他第一次牵着她的手走下这条用尽一生为她修的山路时,那些在她心中澎湃不息的心疼和感动。

没过几年,他去世了。临终前,他左手握着生前修路用过的铁镐,右手紧紧攥住她的手。成年的孩子们都哭了,因为不论如何努力,都拉不开母亲执著的双手。

这六千步的长度究竟给我们带来了什么?是一座耸立在浮华时代天地之间的爱情丰碑呢,还是为我们真实丈量了一位平凡男人如何从健硕青年走到蹒跚白发的苍茫?

情不知所起,而一往情深。世间伟大的爱,大都是这般替对方着想,固执而又痴傻。所有赞美的语言都是苍白的,就像骨鲠在喉无语凝噎一样。

这一生,只为爱而活

马朝兰

一个人有再大的权力、再多的财富、再高的智慧,如果没有学会去关怀别人、去爱别人,那他的生命还有多少意义呢!

——温世仁

1935 年,她尚在襁褓上嗷嗷待哺,母亲就改嫁去了台湾。此后,再未归来。那时,她刚满 2 岁。

14 年后,不满封建婚姻束缚的她,独自离家,去了灯火辉煌的大上海。

25 岁那年,她无意中结实了一位名叫张林的小伙儿,并很快确定了恋爱关系。为了躲开家庭的重重阻挠,成全这一段来之不易的爱情,她和张林一同逃到青海,开了一家小小的电器维修部。

一年后,她怀孕了。她像所有母亲一样,满心喜悦地等待孩子降临人世。可一次不幸的意外,残忍地割断了她和腹中骨肉的缘分。两个月后,她再度怀孕,可却再度流产。医生说,这可能是由高原反应引起的惯性流产。

为了能有一个健康可爱的孩子,他们不远千里从青海搬到了河南郑州。可命运并没有因此发生改变,在郑州的平原大地上,她依旧多次流产。

她先后去了 30 多家专业医院,吃了上百种民间偏方,均于事无补。经历了 10 次流产事件之后,她已然步入中年。高龄产妇的所要面临的危险仍然无法熄灭她想要成为母亲的欲望。

第 11 次怀孕。她每日虔诚祷告,并耐心等待着命运的裁决。这次,胎儿在母体里竟安然无恙地过了 10 个月!

女儿降临人世的一瞬间,那些在她心间盘踞了多年的委屈和苦难顷刻崩塌。她暗暗在心中发誓,一定要给女儿最美好的生活和最完整的母爱。于是,在女儿出生后的第二年,她义无反顾地打开了经商的门路。从广东沿海等地区大量批发收音机、的确良衣裤等紧俏物品,而后再到西安、郑州等内陆城市迅猛售出。

7 年后,她独自一人在上海积累起了千万资产。当时,她的公司已经拓展到浙江绍兴、河南郑州,四川南充等地,业务往来更是遍布大江南北诸多省市。

1985 年,正当事业蒸蒸日上,发展得如日中天时,法院却以走私倒卖等罪名将她毫不留情地逮捕押狱。一夜之间,她从身家千万风光无限的公司总裁沦落为暗无天日一文不值的死刑犯。

在狱警的帮助下,她很快提出了上诉。但最终结果,也只是把她的死刑变成了死缓。

1987 年,丈夫带女儿到上海的提篮桥监狱看她。

“孩子,妈妈做错了事,你恨妈妈吗?”孩子一面摇头,一面苦苦追问:“妈妈,你到底什么时候能回来?什么时候能走出这铁网?”女儿那双迫切而又充满希望的眼睛使她无言以对。最后,狱警替她撒了一个善意的谎言:“你妈妈 5 年之后就能出去。”这句话,忽然点亮了女儿的笑脸:“妈妈,妈妈,我等您 5 年,我每周给您写信,您要是闷得慌,就看我给您写的信。”

冬去春来。在她精神极度虚弱,临近崩溃的时候,丈夫和保姆毅然不顾她与女儿的死活,卷着仅剩的家产私奔去了安徽。不久,便向尚在牢狱中挣扎无助的她提出离婚。

生命再度将她的悲惨遭遇推至风口浪尖,但她并没有因此堕落,或者自寻短见。反而,她更加坚定了出狱重来的信念。她知道,她不能死,她还有一个天真可爱的女儿等她回家。

由于表现异常出色,刑期从死缓变成无期,再从无期变成 18 年有期。她多想把这个消息告诉女儿,可她不能,对于女儿来说,18 年,到底是一个怎样漫长的概念?

女儿再来看她的时候,忍不住号啕大哭:"妈妈,妈妈,你究竟什么时候出来? 你还要多长时间? 我已经等您 5 年了……"她抹去眼中的热泪,坚定地告诉孩子:"5 年,你再等妈妈 5 年,妈妈一定出来陪你! "

因为这句话,女儿又开始了另一个 5 年的等待。女儿总共给她写了 170 封信,那 170 封信她都完整地留着。它们像一团不熄的烈火,在狱中给了她无限的力量。

1997 年,她再度获得嘉奖。喜极而泣之后,她决定将实情告诉女儿。可命运的轮盘又在这一天和她开了一个巨大的玩笑。

收到喜报的女儿为了庆祝,邀一帮朋友去伯父家里跳迪斯科,并由此和伯父发生了激烈的争执。女儿自尊心受到了极大的伤害,她哭着跟伯父说:"等我妈妈出来,我一定让她告诉您,迪斯科不是乱七八糟的东西! "

"实话告诉你,你妈妈出不来了! 你妈妈是无期徒刑! "伯父的这句话,犹如一排冰寒的子弹,彻底击碎了女儿心中的所有堡垒。

16 岁生日那天,女儿以为此生再也见不到母亲,悲绝地自杀了。她在狱中得知消息后,顿时眼前天昏地暗。她顿时没了继续活着的欲望。

狱警把女儿生前的遗书给她。上面赫然写着:"妈妈,我错了,真的对不起您……假如有一天您能出来,尽量做点对社会有益的事情吧,收留那些寄人篱下,无家可归的老人。假如您不答应,我是不会瞑目的……"

女儿最后的愿望,使她一直坚持到了最后。出狱那天,她已 74 岁高龄。

这个年纪,很多人都已经放下一切工作,安享晚年。但她却没有就此停下,她知道,她尚未达成女儿的心愿。

4年后,78岁的她再度白手起家成为身家千万的富豪。她的梦想,就是为了建一座公益性的养老院。

这位传奇而又伟大的母亲名叫吴胜明。这一生,她把所有的爱与信念都给了女儿,而她,也只为这份缘薄情浓的爱坚强地活着。

人性因爱而伟大,也因爱而变得丰盛灿烂。爱一个人,就会执着地为对方拼尽全力,从而焕发强大力量。最后成全了对方,也成就了自己。愿爱,使我们变得更好!

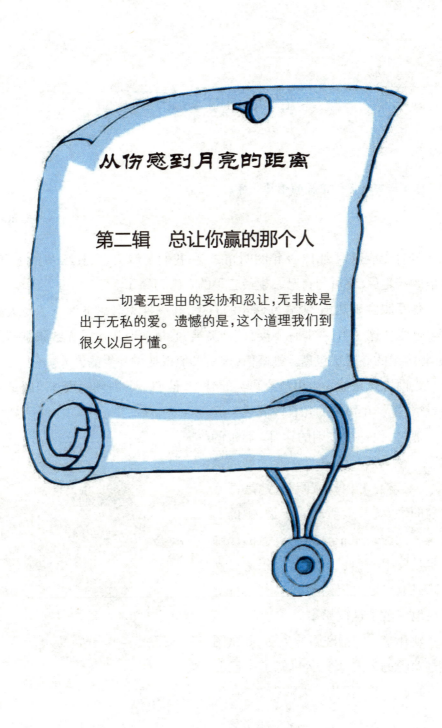

从伤感到月亮的距离

第二辑　总让你赢的那个人

　　一切毫无理由的妥协和忍让，无非就是出于无私的爱。遗憾的是，这个道理我们到很久以后才懂。

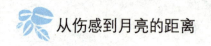

总统的守身如玉

代孔胜

遵守诺言就像保卫你的荣誉一样。

——巴尔扎克

若时光能退回到1819年的明媚之夏,我们定然会看到,28岁的他,经历百般磨难之后,终可与自己一生最心爱的女人订婚了。

他双眼含着热泪,牵着她修长的右手,在一棵无名树下许下了动人的誓言。他说:"这一生,我非你不娶!"她笑笑,心里顿时溢出了无数张细密的小网,将困顿的心层层包裹。她坚信,这是可值得托付一生的男人。

婚前之恋是他一生里最为甜美的时光。他们不曾料到这段本可暖却一生的爱情,竟会在短短的几日内恍然夭折。

那时,他是个贫困的律师。而她的父亲,在兰斯特开办了一家大型的炼钢厂,赫赫有名,身价百万。她是百万富翁的娇女,掌上明珠。于是,她的父母毫不犹豫地坚信,这个贫穷的律师一定是看上了自己的财富,想通过女儿来谋取自己想要的利益。不由分说,冷漠地取消了这门婚事。

她开始了以泪洗面的生活,并试图通过劝说的方式来让父母知道自己非他不嫁的心意。但均以失败告终。他绝

望极了,整日浑浑噩噩地过着,似乎,生命已然到了尽头。

1819 年 12 月 2 日,他们终于得以见面。可一向温柔懂事的她,竟然会忽然变得蛮横起来。他们莫名地小吵了一架。他不知道,那是她的良苦用心。她希望这样,他便能放开自己,去追逐自己想要的幸福。

他丝毫不曾放弃,每日都在小楼的不远处等待着她。他相信,有那么一天,他的父母会被感动,也会明白之所以爱上她,全然不是为了金钱。他想,他可以这么一直等下去,直到白头。

1819 年 12 月 9 日,也就是他们别离后的一周。她在费城无故逝世,死因不明。有人说,她是吞服鸦片过量而死,也有人说,她是因情悲绝自杀。

他的生活顿时天崩地裂。他不知道要用何种方式来缓解自己内心深处缠绕不去的忧伤。百般无奈之下,他鼓足勇气给朋友写了一封啼血之信,信中如此说道:"没有她,生活现在对我来说成了凄凉的空白。我的希望全被切断了,我觉得我的幸福将和她一起葬进坟墓。"

为了表示他的真挚之情和无限哀思,他给她的父母写了封信,要求出席葬礼。但遗憾的是,这位身价百万的父亲不仅毫不领情地将原信退还,还把女儿的死因归结在了他的身上。于是,他在凄惘中发誓:"既然她已死,我将终身不娶!"

为了治愈潜藏在内心的创伤,为了向她的父母证明自己的真心,他毅然放弃了律师的职业,涉足政坛,开始了艰难而又复杂的政斗生涯。不管怎样的苦楚,都不能让他消却心中的信念。他总相信,她一直在不远处审视着他,鼓舞着他。

他从州议员到国会议员,再到民主党保守派领袖,再到参议院对外关系委员会主席,先后出任俄国、英国公使,以及波尔克任职总统期间的国务卿。他曾三次竞选美国总统,皆以失败告终。他始终不怨不弃,终于在第四次,也就是 1857 年如愿以偿,问鼎白宫。

此年,他已然 66 岁高龄。他用行动证明了自己能力的同时,也向她的父母作出了最好的答案。他用一生的光阴来表明了自己当日与她结为连理的初衷。

倘若女人为情守寡一世,可谓守身如玉,那么,他这悲凉的一生,又何尝不是?

这位痴情60年的男子,乃是美国的第15届总统詹姆斯·布坎南。而这位让他魂牵至死,并为其走到政坛顶峰的女子名叫安尼·科尔曼。

对于有些人,一个爱的承诺可能就像抽了一根烟一样简单,结果也无非就像那根烟一样消失无形。可对于有些人来说,一个承诺就是一辈子,守候一辈子,等待一辈子。你真正爱过一个人吗?

一碗流着热泪的剩饭

李 贽

世界上的一切光荣和骄傲，都来自母亲。

——高尔基

母亲一直有吃剩饭的习惯。每次我吃不完的饭菜，母亲都会将它们一扫而光。她一面喃喃地告诫我不能浪费粮食，一面艰难地将碗中的剩饭下咽。

说实话，我习惯了这样的溺爱。那些残留下的米粒，就像我在成长中犯下的过错和深埋在天性里的瑕疵。而母亲从不挑食，就像一片宽广的海，总可以无限度地将我的一切缺点包容。

于是，剩饭的毛病逐渐在我的生活里愈演愈烈。母亲始终溺爱着我，用她的耐性和慈爱，将我的所有弊端团团环住。

初二那年，我因成绩下降和后排同学一起被纳入了"家访会"的名单。说是家访，实则就是一个小型而又漫长的家长会。当天，所有差生及其父母都来到了学校。班主任冷若冰霜地站在讲台上，逐次点数着台下同学的罪恶行径。

我记得那天下着濛濛小雨。家长会开到了很晚很晚。临近结束时，对面的高中部教学楼上早已亮满了夜灯。差生们大都习惯了家长的纵容，刚被训斥完，便嚷嚷着肚子饿。我也不例外。

于是，一帮差生的母亲，领着自己的孩子，慢慢地靠近了校外的廉价餐馆。每个家庭各占一桌，边吃边聊。

母亲说了很多鼓励的话。今日回想起来，颇为感动。因为在当时，她不但要忍着失望的痛楚，还要故作善颜地开导我。可在当时，我并没有为此动容。

我照旧剩了许多饭菜。直到我将筷子搁在桌上，才忽然意识到一个极其严重的问题——母亲会吃我的剩饭。想想，要是被周围这些虚荣的同班差生看见，指不定要说些什么。

母亲到底还是没能发现我的隐忧。她如往常一般，一面怜责着，一面伸手欲端我的饭菜。就在她双手快要碰触到我的饭碗时，我做了一个非常忤逆的举动。我假装抢先端饭，故意将碗碰到了地上。

清脆的响声刺破了周围喧杂的谈话。他们都不约而同地侧头，朝我所在的位置看来。此刻，母亲的手还固执地停留在原地。为了能让他们不再怀疑，不去猜想母亲会吃我的剩饭，我急中生智，微笑着对母亲说："妈，我自己会夹菜。"

回家的路上，我和母亲一直保持沉默。许久后，我在雨声淅沥的伞下，轻轻说了一句："妈，以后你别吃我的剩饭行吗？"

我以为她不曾听见我说话。可自从那夜以后，母亲再也没吃过我的剩饭。

这么多年过去了，当我站上讲台，第一次召开差生家长会时，才猛然想起当年陪我坐在教室角落里的母亲。她始终都在紧握我的双手，试图给我力量。可我，却因为青春年少时的虚荣，那么任性而又无知地将她的爱推向了暗无天日的深渊。

当夜，我止住母亲的双手，硬接过了她的剩饭。从来没有一碗饭，能像今时这般让我吃到泪眼涟涟。

我想要采摘一片枫叶，你却给我整片枫林；我想要一滴露水，你却给我整个海洋。这些年，母亲总是儿女一路的拾荒者！

总让你赢的那个人

罗　静

慈母的胳膊是慈爱构成的,孩子睡在里面怎能不甜?

——雨果

在西双版纳的候机厅里，一位中年妇女和白发苍苍的母亲发生了争执。

女儿抱着怀里的孩子,将脸转向一边。身旁,是偌大的行李箱和零碎的滇南纪念品。

母亲继续对着她冷漠的后背唠叨。机场太吵,加上她们所说的是闽南话,我实在听不懂。

忽然,女儿侧过脸去,朝母亲大吼了几句。原本在女儿怀里熟睡的孩子,被突如其来的咆哮惊醒,哇哇大哭。

候机厅彻底变成了喧杂的菜市场。

母亲沉默了一会儿,又开始了若有似无的唠叨。母亲眼神闪烁,声音低轻,似乎怕被人听到。

女儿则不一样。正值中年,血气旺盛,势要分出高下。

看报纸的不看报纸了,聊天的也不聊天了。所有人的目光,都投向了这对母女。

孩子哭得更厉害了,鼻涕、眼泪,哗哗地往外涌。

母亲伸手,想接过女儿手中的孩子,结果被女儿狠狠地拒绝了。女儿用坚实的肘子将母亲伸来的双手拐到了一旁。

女儿将孩子捧到手中，来回晃动，嘴里哼着曲调。孩子哭声小了一些，可仍旧歇不下来。女儿异常烦躁，冲着孩子大吼了几句，于是孩子哭得更凶了。

母亲在一旁有些焦急，红着脸，说了女儿几句。女儿转过脸去，对着母亲又是一顿咆哮。

母亲的忍耐显然到了极致。于是，干脆扯开嗓门，与之针锋相对。

女儿的声音越来越含糊，原来她哭了。抱着孩子，眼泪止不住地往下掉。

母亲的声音越来越微弱。最后，母亲不说话了，侧过身去，静静地听着女儿哭诉。

候机厅里有人开始埋怨她们太吵。甚至，有人跑去工作室向维护人员反映，请求调解。

在维护人员朝她俩疾步走来的时候，争执终于进入高潮。女儿抬起右手，抹了一把眼泪，拉着行李箱就往外冲。

原本安静的母亲着急了。她一个箭步冲出去，想要拉住女儿，可惜，女儿走势太快，机场的地板太滑。结果，她虽然拉住了女儿的裤腿，自己却重重摔了一跤。

脱落的假牙像调皮的玩具车，顺着光滑的地板，一下飞出好远。

女儿赶紧把母亲扶起来，回到座位上。工作人员把假牙清洗干净，还给了母亲。

工作人员询问片刻之后，确定母亲没事，便走远了。

女儿坐定，却一言不发。

女儿一个人默默地流泪。母亲掏出纸巾递给她，她不接。

这时，母亲怀里的闹钟响了。母亲像得到了什么指令，开始翻寻身旁的旅行箱。

母亲掏出几瓶药，配好之后，谨慎地递给女儿。看她的样子，似乎是在提醒女儿按时吃药。

女儿仍旧不接。这次，母亲的手没有缩回。一直停在半空中，时不时地轻碰女儿两下。

母亲低着头，双手捧着药，语气温和地说着什么，像是安慰，又像是道歉。

许久之后，女儿极不情愿地接过了母亲手中的药丸。母亲笑着接过女儿怀里的孩子，顺道把水杯递给女儿。

女儿赢了。我想，她一直都是赢的那个人。

只是，女儿从来不会想，谁才是那个常常让她赢的人。

一切毫无理由的妥协和忍让，无非就是出于无私的爱。遗憾的是，这个道理我们到很久以后才懂。

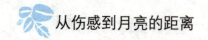

山路上的小伙儿

何 东

人应尊敬他自己，并应自视能配得上最高尚的东西。

——黑格尔

村里新建希望小学，特意把我们几个大学生请了回去，说是看能不能在开学典礼之后给学生们上几堂课。

当年，我和雷小虎是村里第一批走出去的大学生。当时家里贫困，别说念书，就连买张长途车票都困难。村长挨家挨户动员，走访，硬是给我们凑足了第一年的学费。

我和雷小虎二话没说就坐夜车赶回了村里。数学好得不能再好的雷小虎，后来学了金融贸易，据说在深圳当市场总监。我混得一般般，在湖南当个语文老师，闲暇时写点文章，换点稿酬。可村里不这么认为，硬说我和雷小虎一个是文学家，一个是数学家。因此，回村那天，山路上全都站满了报名读书的孩子和满怀期待的父老乡亲。

十年没有回村，很多东西都已经陌生了。说惯了普通话，忽然转成地道方言，真有点别扭。村长一见我和雷小虎下车，就赶忙上前来接沉重的行李。

一路上，噼里啪啦的鞭炮声和嘹亮的唢呐声掩盖了我和雷小虎的窃窃私语。

十年过去了，村里仍旧还是老样子。没有公路，没有企业，甚至没有自来水。当天晚上，雷小虎就因为水质问题闹了一夜肚子。噌噌噌起床，咚咚咚往厕所里跑，硬是折腾了一整晚。

后来，村长知道了这个事，大清早把土郎中带了过来。雷小虎吃了一把黑乎乎的山草药,很快便精神起来。

村长把我们带到地里,坐在田埂上,诚挚恳切地央求:"你俩是村里第一批走出去的大学生,都在大城市工作,世面见得多,一定要多留些日子,好好给孩子们讲讲知识,说说外面的世界。"

"唉,出去十几个大学生,就只有你们俩愿意耽搁时间回来。"说完,年迈的村长用粗糙的大手擦擦眼泪,把旱烟抽得吧吧响。

怎不心酸?这些孩子都是乡亲们省吃俭用卖鸡卖米凑钱送出去的,如今,却没一个肯回来帮帮这些乡亲的孩子,想想都觉得心里压了块大石头。

开学典礼那天,村长硬让我和雷小虎上台说几句话。上课的时候,教室里坐满了天真的孩子,教室外面,也是站满了憨厚的乡亲。他们似乎都想知道这大学生的课,到底有多好听。

因为学校设施简陋,房顶根本没有隔热层。三伏天气,没有风扇,没有空调,我和雷小虎一面写字,一面擦着满头大汗。

虽说是乡里娃子,可到底是在城市习惯了,因此,一喝村里没有经过消毒的天然水就闹肚子。天气又热得不得了,不喝两口下去,感觉嘴唇都要裂开似的。

学校木工房的小伙子看出了我们的难处。因此提议给我们买些冰镇啤酒。他骑着单车刚要跑,我和雷小虎就把他给拦下了,硬往他兜里塞了二百块钱。他尴尬地笑笑:"要是乡亲们知道我收你们钱,肯定会骂我的。"

临行前他说:"可能时间会久一点,因为村里没有啤酒卖,所以我只能去镇上买。等我回来。"我和雷小虎兴奋地点点头,似乎光明就在不远处。

木工房的小伙一去就没再回来。第二天,我和雷小虎上完最后一节课,就收拾行李上了路。一路上,我和雷小虎还嘀咕:"看来,这村里人也不实诚了,才二百块钱嘛,至于这样吗?"

村长一直把我们送到路口。转弯处,刚准备离别,木工房的小伙儿就迎面推着几近报废的自行车跑了过来。气喘吁吁地说:"二位老师,实在是对不住!昨晚山路太暗,没留神儿,一不小心骑到了山沟里,这不,单车坏了,啤酒瓶也碎了,我只能推车去镇上拉两箱回来……"

看着小伙子浑身泥泞和血迹未干的手臂,我和雷小虎忽然不知该说点什么。十几里的山路啊,他就这么独自一人顶着黑暗,推车拉着两箱啤酒踉踉跄跄地往回赶……

最后,这个固执的小伙子,硬是跟着我们,推着丁零当啷的自行车把两箱啤酒送到了车站口。他一面把啤酒往汽车上搬,一面咧着嘴说:"二位老师,天气燥热,要是渴了,就喝点冰啤酒。"

临行前,我拉住小伙子的手,告诉他:"回去告诉乡亲们,以后每年我都会来村里上几堂课,让孩子们好好读书。"

他双手死死地抓住单车龙头,险些流下泪水。

当他推车转身的一瞬间,我似乎又看到了十几里的漫漫山路。不过,那山路已不再黑暗。因为它充斥着希望和亘古不变的真情。

你可曾知道你在别人的心里,是多么的完美和令他们骄傲。我们每个人都可以成为别人心中的英雄。多多留意那些稀罕你的人们吧,他们才是真正看得起你的人!

隐瞒也是一种爱

马朝兰

慈母的胳膊是慈爱构成的，孩子睡在里面怎能不甜？

——雨果

补习了整整一年之后，他还是没能改变最终落榜的结局。

她说，娃儿啊，再来吧，再来一次，总会成功的嘛！他怒了，暴跳如雷地站在家门口喊，你别说话行不行？我告诉你，我就不是个读书的料！

那天下午，他独自去武装部填了义务兵报名表。他不想继续待在这个伤心的城市。大好男儿，他觉得自己应该出去闯一闯。

体检通过。武装部打来电话，通知赶往部队集合的时间。

他背着大包行囊上车那天，她一个人躲在冰冷的被子里，哭得昏天黑地。从始至终，她都百般不愿，可有什么办法呢？他长大了，得有自己的人生，就让他做一次决定吧。

刚到部队的第一周，她就接到了他的电话。20岁的大小伙子，穿着浸满汗渍的迷彩服，站在楼道里，哭得撕心裂肺。那是他第一次想家。

新兵训练没过多久，他又哭了。他在电话里把种种不公的遭遇都告诉了她。他说，他的脚后跟因为长时踢正步的缘故，已经血痕累累；他说，同寝的老兵们都把衣服丢给他洗；他说，泥地匍匐前进致使他的双手都掉了半拉皮……

她在电话这头安静地听着，像好奇的孩子在聆听曲折的神话故事。倾诉完毕，他心里舒坦了很多。她说，娃儿啊，你的战友，谁不是这么过来的？坚持坚持，总会好的。

　　他并不知道这个电话之后,她连续很多天整夜整夜地失眠。她的眼前,到处都是他的眼泪,都是他的伤痕,都是他那双掉了半拉皮的手臂。

　　向来不问国事的她,忽然开始关心时事政治。两岸局势的走向,美韩军演的报道她比谁都清楚,但她从来不说。

　　她从来没有这么渴望过和平。她害怕战争,害怕儿子会因为这样那样的原因而被派入前线。

　　两年后,她大张旗鼓地买了不少新家具。那年,他没有回家。他自愿继续参军,从义务兵转为志愿兵。

　　她重病住院那天,他正站在鲜艳的五星红旗下,接受部队颁发的勇士勋章。他给她打了电话,但没聊上几句,她就匆匆挂了。她说,娃儿啊,长话短说,我正在打麻将呢!

　　之后的很长时间里,他每次电话过去,她都在打麻将。他本来想说点什么,但后来想想,还是算了。父亲早亡,她一人在家,不找点乐子实在闷得慌。

　　回乡那天,他没有告诉她。他想,应该给她一个惊喜。

　　屋里空无一人。隔壁的大娘说,快去医院看看你妈吧,这两年,她都反反复复住院好几回了。

　　赶去医院的路上,他又给她打了电话。他故作平静地问,妈,你在哪儿?

　　我能在哪儿? 还不是老样子,打麻将呗!

　　顷刻,他的眼泪噼里啪啦地落在了笔挺的军装上。

　　父母都是这样,隐瞒自己的痛苦和贫穷,却始终在孩子面前伪装得那么开心,那么平静。

银行里的小男孩

庞启帆

人生如花，而爱便是花的蜜。

——莎士比亚

已经是午饭时间，储蓄所里只有一个职员在值班。那是一位大约 40 岁的黑人，紧贴头皮的头发，小胡子，整洁、笔挺的棕色西装，身上的每一处都暗示着他是一位细心谨慎的人。

这位职员正站在柜台后面，柜台前站着一位白人男孩，黄棕色的头发，穿着一件"V"字领的毛线衣，一条卡其裤和一双平底鞋。我想我特别注意他是因为他看起来更像一位初中生，而不是一位银行的顾客。

他手上拿着一本打开的存折，脸上写满了沮丧的表情。"但是我不明白，"他对银行职员说，"我自己开的账户，为什么我不能取钱？"

"我已经向你解释过了。"职员对他说，"没有父母的信函，一个 14 岁的小孩不能自己取钱。"

"但这似乎不公平，"男孩说，他的声音有点颤抖，"这是我的钱，我把钱存进去，这是我的存折。"

"我知道是你的存折。"职员说，"但规定就是那样。现在需要我再讲一遍吗？"

他转身对我微笑了一下。"先生，您需要办理什么业务？"

"我本来想开一个新账户，但是看到在这里刚刚发生的一幕后，我改变了主意。"我说。"为什么？"他说。

"就因为你说的话。"我说，"如果我理解得没错的话，您刚才的意思是说，这个孩子已经够年龄把钱存入你们的银行,却不够年龄取出他的钱。如果无法证明他的钱或者他的存折有任何问题的话,那么银行的规定的确太可笑了。"

"对你来说也许可笑,"他的声音稍微提高了一点,似乎有点生气了,"但这是银行的规定,除了遵守规定,我没有别的选择。"

在我跟银行职员辩论的时候,男孩满怀希望地紧挨着我,但最终我也无能为力。突然我注意到,在他手上紧抓着的那本打开的存折上显示只有100美元的结余。存折上面还显示进行过多次小额的存款和取款。

我想我反驳的机会来了。

"孩子,以前你自己取过钱吗?"我问男孩。

"取过。"他说。

我一笑,转问银行职员:"你怎么解释这个?为什么你以前让他取钱,现在不让呢?"

他看起来发火了。"因为以前我们不知道他的年龄,现在知道了。就这么简单。"我转身对男孩耸耸肩,然后说道:"你真的被骗了。你应该让你的父母到这里来,向他们提出抗议。"

男孩看起来完全失望了。沉默了一会儿,他把存折放进背包,然后离开了银行。

银行职员透过玻璃门看着男孩的背影消失在街道的拐角,转身对我说道:"先生,你真的不应该从中插一杠。"

"我不应该插一杠?"我大声说道,"就你们那些该死的规定,难道他不需要一个人来保护他的利益吗?"

"有人正在保护他的利益。"他平静地说。

"那么这个人是谁呢?"

"银行。"

我无法相信这个白痴居然会这样说。"瞧,"我揶揄道,"我们只是在浪费彼此的时间。但你也许愿意跟我解释解释银行如何保护那个孩子的利益。"

　　"当然，"他说道，"今天早上我们得到消息，街上的一帮流氓已经勒索这个孩子一个多月了。那帮浑蛋强迫他每周取一次钱给他们。显然，那个可怜的孩子由于太过害怕而没有把这件事告诉任何人。那才是他为什么如此烦恼的原因。取不到钱，他害怕那些流氓会打他。不过警察已经知道这件事，今天他们也许就会实施抓捕行动。"

　　"你的意思是说根本没有年龄太小而不能取钱的规定？"

　　"我从没听说过这个规定。现在，先生，你还需要开户吗？"

　　愿我们所处的这个世界，多一点这样的爱。公开的爱，还是隐秘的爱，都不重要，重要的是，我们始终觉得自己是被保护着的。

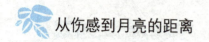

母爱是最暖的阳光

凤　凰

在孩子们的口头心里，母亲就是上帝的名字。

——萨克雷

她坐在街边，满脸憔悴。她的面前放着一个搪瓷碗，旁边，是一个小男孩。小男孩缩成一团，眼睛骨碌碌直转，盯着行人，满含期待。

她是在乞讨。小男孩得了疾病，需要一大笔钱。她没有那么多钱，为了小男孩，她只好放下自己的尊严到街头来乞讨。她希望善良的人们能帮助她和小男孩。

她可怜，小男孩也可怜，人们走到他们身边，看看他们就掏出钱包将纸币放进她面前的搪瓷碗里。尽管有那么多人伸出了他们的手，可是那些钱远远不够小男孩的医药费，她不得不天天带着小男孩来到街头乞讨。

每天，她只吃馒头，小男孩吃包子喝牛奶。每天晚上，他们住在桥洞里，拥抱着睡上一夜。尽管他们省钱，再省钱，可是她每天乞讨的收入毕竟有限。看着可怜的小男孩，她泪流满面。

再次到街头行乞，她改变了策略，她在旁边立了一块纸牌，上面说她并不是小男孩的母亲，小男孩是她捡来的，他太可怜，她要救他，希望大家都来帮帮他们。她以为这样人们便会更加同情他们，会给他们更多的钱。可没想到的是，人们说她没有那么善良，不可能这么诚心地救别人的孩子。人们还说她是骗子，说她拿自己的孩子来骗钱。人们给予她冷眼、唾沫，她忍了。可是一天下来，她面前的搪瓷碗却空无一文，她终于忍不住抱着小男孩痛哭起来。她对小男孩说，别灰心，妈会救你！妈会救你！

　　小男孩被他的父母抛弃，现在，只有她肯放下自己的尊严来救他，她就是他的母亲，是他唯一的亲人，唯一的依靠。小男孩抹着她的泪水，含着泪说，妈，别哭！我们不乞讨了，我不要你救我，我要你好好过日子！听了小男孩这话，她的泪水更加汹涌，她在心里告诉自己，一定要救他。哪怕受再多的苦，她也不会放弃。

　　此后的每天，她依旧天天带着小男孩到街头行乞。每天，她都得到不少冷眼和唾沫。虽然如此，她却没有对任何人生气，她也没有放弃。她知道，只有坚持，才能救小男孩。

　　好在，还是有人相信她是好人，相信她这一切都是为了救小男孩，他们给她钱，还有人打电话到报社爆料，希望报社多多宣传她和小男孩，让更多的人来帮助他们。

　　记者一来，她就将一切都原原本本地告诉了记者。记者感动了，拍了照。第二天，关于她和小男孩的稿子就在报纸上刊登了。

　　看了这篇稿子的人，都感动了，于是都上街来给她钱。有人还因自己曾经对她的冷眼和唾骂向她表示歉意。看着搪瓷碗里满满当当的钱，她含着泪笑了，不住地给好心的人们磕头表示感谢。

　　这天，她和小男孩一到街头，一对夫妇来到他们面前。这对夫妇伸手去摸小男孩，小男孩却滚向一边，不让他们摸。她急了，赶紧叫这对夫妇别摸他。

　　这对夫妇对她说他是他们的孩子，他们是来带走他的。她看着这对夫妇，问小男孩，他们真的是你的爸爸妈妈吗？小男孩说，以前是，但现在不是了，是他们抛弃了我！

　　这对夫妇流着泪说，孩子，对不起！是爸爸妈妈不好，爸爸妈妈错了，你就跟我们回去吧，我们会救你！她问这对夫妇，你们真的打算救他？这对夫妇点着头说，我们是真的要救他。以前，我们抛弃他，是我们不对！现在，我们看到你，一个与他毫无关系的人都肯伸出自己的手来救他，我们心里充满愧疚。你为他所做的一切，简直就像是他的母亲！说着，这对夫妇泪如雨下。

　　她看着这对悔恨交加的夫妇，知道他们是诚心诚意要救小男孩，于是她便劝说小男孩跟他们回家。最终,小男孩答应了。然后,她将这些日子讨来的所有积蓄都交给了这对夫妇,她还对他们说,你们快救他吧！钱不够的话,我再想办法。以后,我还在街上乞讨……这对夫妇握住她的手,含着泪说,好姐姐,我们有钱救他,您就别操心了……

这对夫妇很有钱,他们将小男孩送进医院治疗,小男孩获得了新生。在小男孩出院那天,她又送他一笔钱。那是她这些日子讨来的,她希望他拿去买喜欢的东西。这对有钱的夫妇面对如此善良的她再一次感动了,女人从提包里掏出厚厚一沓钞票要给她,她拒绝了。小男孩抓过钱,也要塞给她。她还是拒绝。然后,她转身跑掉了。从此,她在这座城市里消失了。尽管这对夫妇在报纸上登了寻人启事,却一无所获。

然而,这座城市里的人在路过她曾坐过的街头的时候,都会不由自主地想起她。人们都说她是这座城市的太阳,是她温暖了这座城市。后来的某一天,在她坐过的街头立着她的雕像。人们将永远记着这样一位母亲。

在世上没有比母亲的抚爱更美好更深沉更无私更真切的感悟！

我的父亲在流汗

王万龙

父亲的德行是儿子最好的遗产。

——塞万提斯

在我童年的记忆里,有那么一位不同寻常的男孩儿。他很少与我们玩乐,只顾着安静思考问题。老师曾悄悄告诉我们,他患有严重的自闭症。当然,我不清楚自闭症是种什么疾病,只是恍惚明白,那是一种不爱说话的毛病。

不过,他的成绩一直很是优异,这点,不得不让我们心生叹服。每次考试过后,母亲总是会拿着惨白的成绩单,碎碎地指着他的名字唠叨:"这是谁家的孩子? 真是懂事,老是考第一!"每每听到此话,我都忍不住暗自愤慨,到底谁才是她的孩子?

由此,我与他结下了莫名的仇怨。原以为这只是我一人的想法,后来在一次坏学生联盟中,我才发现,原来在这个小小的校园内,他竟无缘无故地结下了那么多仇家。

我们盘算着,要好好报复他一下。当然,我们是很有计划性的。譬如,在行动之前,派人好好地打探了一下他家庭背景。万一,他的父亲或是母亲就在学校教书的话,我们便不敢轻举妄动了。排除这个可能的话,计划就可顺利进行。

调查结果显示,不详。没有人知道他的父母是做什么的,位于何处,这给了我们一个很大的潜在的威胁。没有人愿意做领头羊。

这个原本轰轰烈烈的报复计划,就这般悄无声息地无疾而终了。很多天后,老师布置了一项任务——上交最让你感动的一句话。

很多人从书上抄了。我清楚地记得,自己用精美的作业本,从《全国优秀作文选》上工工整整地抄了一大段。

他没有抄,看得出来。他交的是张纸条。几乎每个同学都因他纸条上的内容疯狂发笑。他说,我的父亲在流汗。

我站在讲台上,晃悠着他的纸条说,我们大家都来改一个吧,你改个我的父亲在小便! 我改个我的父亲在要饭! 哈哈,押韵又工整。最后,意想不到的事儿发生了,一向性格温和,寡言少语的他,第一次发了火。

教室里,鸦雀无声。他步过走道,将已被众人扯碎的纸片捡拾起来,一言不发。我永远记得那个忧伤的神情,像一朵在春天凋零的山花。

那段不知所云的话,竟然得了最高分! 几乎所有人都愤怒了,为老师的不公而呐喊。他没有做任何解释,老师亦没有。

很多个日夜后,我从一所三流大学毕业,因苦苦找不到工作,不得不跟随舅舅到工地干苦力。汗流浃背的生活让我对童年的悠闲无比向往,我时刻追忆年幼的时光。

烈日下,搬着砖块,舅舅含泪说,小弟(舅舅的儿子)老是不吃早餐,给他的零花钱也舍不得用,舅妈每次洗衣服,都能从他的口袋里搜出叠放齐整的钱来。我问,干吗不吃,这可不是一个好习惯啊! 舅舅你得督促他,他现在正是长身体的时候呢!

岂料,他却哽咽了,说小弟说了,他挣钱不容易,花着心疼。顿时,在一旁搅拌沙浆的我,想起了多年前的那个"仇家"。那句"我的父亲在流汗"。

想想,当时调查不详的他的父亲,大概与我同一职业吧? 也只有这类职业,才能刻骨铭心地让小弟,让他早早懂得生活的艰辛。懂得在虚度时光之时,刻刻怀想那位正在天地间为你无怨无悔,默默流汗的老父亲。

> 每一次颓废的时候,每一次准备放弃的时候,我们总能想起些什么,然后毅然站立起来,再拼一次。父母一直在为你奋斗,你有什么理由不坚强?

他的列车，开往地老天荒

胡 识

毫无经验的初恋是迷人的，但经得起考验的爱情是无价的。

——马尔林斯基

1975年，他们从两所不同的大学毕业，来到南方的一个小山村从事支教工作。他教数学和体育，她教语文和音乐。由于条件有限，学校便在一间空教室架起了两扇木板，左右边是他们各自的房间，中间是厨房。刚开始，他们都对这种缺乏安全感的生活极为担忧。她每晚都会做噩梦，然后尖叫，把他吓醒。接着，两个人都打开床灯，失眠。尤其每当刮大风下大雨时，他们的房间便会滴滴答答地漏水，还时不时发出一些惨重的"咯吱咯吱"声，就好像踩着碎石子的豺狼要向他们扑来。

他们曾想过要离开这里。可每天醒来后，他们几乎同步走进厨房取水。碍于男人面子，他会让她先洗漱。他站在她的身后，会简单的同她唠嗑儿几句。

"昨晚睡得还好吗？"

"昨晚我的房间又漏水了。"

"我猜你昨晚又做了噩梦。"

她一边洗漱一边回答着说："是啊，我的房间也漏水了。"

"我看见你房间的灯又在大半夜亮着。"

"昨晚你应该也睡得不怎么好吧？！"她转过头，他点了点头，接着两个人笑着对视。

总像是有很长一段时间，他们会被对方的酒窝所深深吸引。非要等到听见第一个孩子嘟囔着喊："老师，老师，今天又是我来得最早哦……"他们才意识到要赶紧做饭，不然带领孩子们做早操会来不及。他蹲在灶前，眼睛直勾勾地看着火，火势一旦有减弱的趋势，他就会拼命地往里加柴，然后问："火，大不大？饭，还有多久做得好？"她拿着锅铲，麻利地在锅里搅来拌去，脸上刷刷地冒出汗珠："马上就好，马上就好了，火再大点！"

他们在同一时间相遇，听着同一种声音，在同一个厨房做饭、聊天，教着同样的孩子。他们难以舍弃这些弥足珍贵的东西去远走他乡，相忘于江湖。

"时间会让两个对的人彼此爱上的。"不久，他们习惯点着灯在半夜长谈。他们讨论孩子，他们互相聆听对方的心声，他们聊文学，聊往事。每次她谈起自己的父母，她就会莫名其妙地哭起来，他就会在另外一个房间安慰她，给她讲笑话。她的母亲在她小的时候，罹患乳腺癌去世。父亲为了供她念书，几乎穷尽大半辈子，好不容易盼到女儿大学毕业，可她却义无返顾地献身于支教事业。父亲只好忍着说不出来的痛，默默地支持她。

他说她会永远保护她。1985年的那个中秋之夜，有两个歹徒闯进学校行凶，为了保护她，他在和歹徒博弈时，被扎了几刀。住院的那几个晚上，他还是忘不了和她谈论孩子和教学，给她讲笑话，逗她开心。他说他一点也不碍事，叫她别哭，她还是一边喂他喝汤一边哗啦啦地流泪。他实在忍不住了，从他第一次听到她的哭声，就爱上她了。他咬了咬牙，爬起来，一把将她搂在怀里："可，不哭，我永远会保护你。我爱你！"爱情是个魔法师吧，自从他对她说过这句话后，无论遇到多大的困难或是有多不开心，只要一想到他，她真的就不再哭，无法想象的坚强。

1986 年秋天，他们在学校简单地办了一场婚礼。学校的梧桐树叶大片大片地往下落，他们在梧桐树下，踩着软绵绵的金黄，拥抱在一起。那晚，连星星和月亮都羡慕他们。之后，他们生了一对龙凤胎。

也许上天也会嫉妒人世间的真爱。2002 年春天，他们结婚 16 周年，很不幸，她同样因为罹患家族遗传性乳腺癌去世。

自她离开他后，为了把孩子抚养成人，他离开了小山村，转而跑到大城市找了一份工作。他白天拼命地工作、挣钱，一副柱石之坚的样子。可晚上，尤其是刮大风下大雨时，他就会搂着妻子的遗像，在房间里哭得泣不成声。

他对我说他那 11 年没对任何人提及过他和她的故事。他之所以在列车上和我聊起这件事，是因为他看出了我的不开心。2013 年，我第一次失恋。我自始至终都不知道她和我分手的原因。我试想过，不爱是分手最好的理由，但我说服不了自己。于是，我搭乘了这趟由北开往西南的列车，我想通过旅行忘了她，并且我告诉自己还有坐在我对面的他，我不会再相信爱情，痴情的人已经绝种。但他却摇了摇头，指着手上的酥梨："这个东西，我的妻子特别喜欢吃。"然后，又示意让我看他手中的玫瑰："我要再送给我的妻子一束玫瑰，我很爱她。"

"哦，这里还有一颗梧桐树种子。我每年都会往她身边扔一颗，我希望它能长得像我，她需要我的保护。"

"这是我今年写下的旅行日记，我到过拉萨、德满都、黎巴嫩、圣托里尼、里昂等。我要念给她听，这些都是她最想去的城市。"

"今天是她去世的第 11 个祭奠日，我去看看她。"他说话的声音一点都不嘶哑，即便眼睛已经布满混浊的泪珠。我想他一定还很爱很爱自己的妻子，就像他和她的爱情故事很长很长。

在贵阳居住的那段日子，我总能在公交车上或是菜市场碰到一对白发苍苍的老人，他搀扶着她，她挎着小篮子，两个人笑得特别烂漫，像是在谈论什

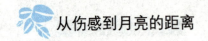

么,虽然我听不懂,但我能猜得到他们一定是在说:"给我们让座的这个小伙子真不错。瞧,老伴儿,今天的鸡蛋真便宜! 个大啊! "

一个人该有多么幸运,遇上一个人,然后选择一座城市,然后一起相扶到老。

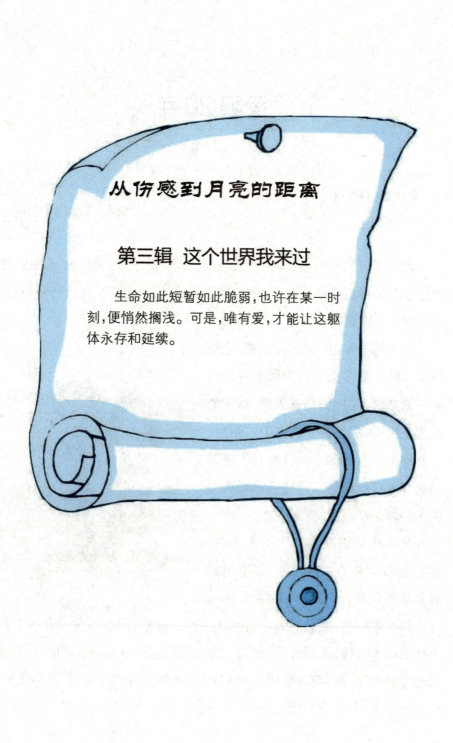

从伤感到月亮的距离

第三辑 这个世界我来过

生命如此短暂如此脆弱，也许在某一时刻，便悄然搁浅。可是，唯有爱，才能让这躯体永存和延续。

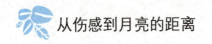

受骗20年

夏　丹

爱情是一种疯狂。

——莎士比亚

离家不远的小路上,有一处名叫"老短亭"的地方。父亲说,那是古时用来欢送亲朋歇脚的小站。我说,现在都什么时代了,出租车直接打到门口,谁还用到那儿去歇脚呢?

父亲笑笑不语。其实我知道,他与母亲一样,是多么不希望那个古老的亭子就此撤去。因为每逢外出,母亲老爱拖在后面,催促着我们先走。而后,慢悠悠地在后面散步,待我和弟弟都消失在路口拐弯处,她便会垫脚凑上父亲的耳朵小声说,我累了。

父亲终日沉默寡言,不善言语。他只会默默地在"老短亭"那个地方假装腰酸屈身,等待着母亲的纵身一跃。

快至家门,有熟悉的邻舍会问,哎哟,这是怎么了?父亲笑笑说,没事儿,上街回来走太快,崴到脚了。起初,无人不信,这个冠冕堂皇的借口,帮母亲一撑便是好多年。偶尔,母亲伏在背上会嘀咕,你怎么那么笨啊?不会换个借口?这么多年了,老是崴到脚这一句,鬼都知道是假的。哪儿有那么凑巧的事儿?

一出门就崴到脚?

父亲耸耸后背,一本正经地说,难不成说你累了?需要人背?

幼小之时,实在不知情事,常常会悄无声息地躲在路口的拐角处,等父亲到来后,忽然扑身大吼,吓得母亲尖叫连连。每每这时,父亲就会跟在我们身后,一面小跑着吓唬我们,一面招呼着母亲,叫她小心抱牢。

我与弟弟虽不知情事,但在奔跑的那一瞬间,从母亲的欢笑声中就已经听出,她的幸福和发自内心的骄傲。甚至,我痴痴地想过,多年后,我是否能如母亲一般幸福,找到一位像父亲这般深爱自己,娇宠自己的男人?

雨天,母亲撑着伞,父亲啪啦啪啦地踩过积水,将母亲背至家中。艳阳,父亲悠然地在明媚中闲庭信步,仿佛,背负母亲对于他来说,是一种无比美好的享受。

20岁那年,父亲因病早逝。母亲一夜苍老了许多,只是不曾见到她悲绝的泪水。她说,她的幸福时光已经占据了人生的大部分,还有什么可哭,可遗憾的呢?而那时,我已是亭亭玉立,深知人世情长。亦深深懂得很多时候,真正的痛苦是不可诉说,无法用泪流来消减半分的。

父亲走后,母亲很少外出。即便有,也只是清晨买菜。她从不走那条熟悉了20年的小路,总是颤巍巍地绕开,从宽敞的马路上过去。

我与弟弟成家后,母亲便自告奋勇担任了小区的街道卫生主任。这是个累活,大家都不愿意干。可母亲说,这么些年,自从父亲走后,都是邻舍们拉扯帮补着将我们养大的,现在是该报恩的时候了。听完这话,我和弟弟不约而同地外地赶来,在小区买下住房,与母亲相依。

今年冬雪，洁白的雪花覆盖了这座北国小城。母亲怕早起的上班住户出门摔倒，半夜便提着扫帚起来扫雪。她低着头，在皑皑的尘世中，自顾卖力清理。她想必是忘却了，手中扫帚已经触及到了那座斑驳陆离的"老短亭"。

恍然，那个清早，多年不曾为父亲流过泪的母亲，在短亭一侧，哭得伏倒在漫天雪花之中。她说，她骗了他足足 20 年，而木讷的父亲也不知道真相。

那句"我累了"，实质并非是母亲真的累了，是她在用一种极其温婉聪慧的方式向父亲传达人世中最简单的三个字"我爱你"。

想起前几天看到的一句话，陪伴是最长情的告白。恐怕没有比这句话更适合形容美好的爱情了。

一个英雄的小要求

汤小小

爱情之中高尚的成分不亚于温柔的成分，使人向上的力量不亚于使人萎靡的力量，有时还能激发别的美德。

——伏尔泰

这件事的开头很普通，一辆车驶过，一个老奶奶躺在血泊中。来来往往的人不断，驻足观看的人也不少，但是，没人想在这个时候做善事。

一个中年男人骑着电动车停下来时，事情有了转机。他开始拦出租车，司机摇下车窗，不等他把话说完，一踩油门，飞似的离开。

五辆车飞走后，他急得跺脚，当第六辆车驶来时，他干脆一个箭步冲过去，径直拦在车面前。司机紧急刹车，伸出头来破口大骂，他赶紧递过去一沓人民币，一连声地说："兄弟，救人如救火，你不能见死不救啊，放心，不管出了什么意外，我们都不会找你！"

司机终于点头，他转过头来，看着地上的老奶奶，又双手合十向旁观的人哀求："求求各位了，帮帮忙，把她抬车上去。放心，不会找你们麻烦的！"

有人伸出援手，老奶奶顺利地被抬上车，他也一拉车门坐了上去，把崭新的电动

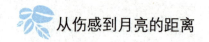

车扔在了马路边上。

在车上,他打了医院的电话,等停车时,院方已经做好了准备,不过,高昂的住院费让他陷入窘境。他掏出身上所有的卡,又打车跑回去,把电动车卖掉,终于勉强把钱交上了。

身无分文的他在医院走廊里坐了一夜,也饿了一夜。医生告诉他病人醒了,他爬起来,以百米冲刺的速度冲进病房,紧紧抓住老奶奶的手,说出的第一句话,却让所有人跌掉眼镜:"你家人的电话号码是多少?"

他这么拼命地救人,谁能想到,他竟然和老奶奶素不相识。下一秒,大家又开始为他担心,老奶奶可是出的车祸,家属万一赖上他,可就惹了大麻烦。

有人劝他赶紧走,别和家属见面,他却说什么也不肯,执拗地等着家属来。人们不得不猜测,难道,他想向家属要奖赏?

老奶奶的儿子女儿媳妇女婿来了一大堆,第一反应很正常,认为他是肇事者。在对方的怒吼声和拳头下,他找来出租车司机和几个围观者,证明了自己的清白。

家属们还算讲理,弄清了事情原委,没有再为难他,而是道了谢,并把所有花费都赔给他。

事情到这里,按说已经很圆满了,他成了救人于危难的英雄。

可是,他依然待在医院里,不肯离开。这下,轮到老人的家属们心里发慌了,这年头哪有人甘愿当英雄啊,肯定另有所图。那些医生和护士,也对他投来了异样的目光,救人要酬劳的事儿他们不是没见过,以为这人是英雄呢,原来小人一个。

家属们不打算被讹,出出进进的,全装作没看见他,以前为他担忧的那些人,也不屑于再理他。

他在医院徘徊了一天,到了晚上,终于怯怯地走进老人的病房,对老人的

儿子说:"我有一个要求,能不能……"

"我们之间已经算清楚了,你别想要花招!"不等他说完,老人的儿子急忙打断他。

然后,是其他家属的一致声讨和责难,他的嘴张张合合,说出的话就像鱼儿吐出的水泡,一瞬间就融入空气中,不见踪影。

等众人再找不到谴责的词汇了,他的声音才终于又响起来:"我就是想让你们给我做个锦旗,送到我家,当着我女儿的面,感谢我一下。"

家属们面面相觑,然后,一脸狐疑地看着他。

他从口袋里掏出几张钞票,一边往家属手里递一边说:"不用你们出钱,这些钱够买锦旗和来回车费了。"

众人的脸色终于缓和了些,这年头,有人想用锦旗博名声,也正常,不过,谁知道他葫芦里卖的什么药,他不会用这个去行骗吧?

见众人依然疑惑,他挠挠头,下了很大决心似的说:"跟你们实说吧,我坐过牢,刚出狱不久!"

众人一听,不由自主后退几步,一脸紧张地盯着他的双手,生怕他变戏法似的拿出武器来。

见此情景,他凄然一笑:"我女儿和你们一样,对坐过牢的人有成见,她觉得我是个坏人,因此不肯和我亲近,甚至连话都不想跟我说。可是,哪一个父亲不爱女儿呢? 如果时光能够倒流,说什么我也不会做错事,现在,我只希望尽最大的努力去弥补,我希望女儿知道她的爸爸不是一个坏人,而是一个见义勇为的英雄！为了她，我愿意做一个英雄，哪怕是一个被人鄙视的英雄！”

在场的人静静地看着他，看着一个男人，为了搏得女儿的好感，那么努力地做英雄，又甘愿默默忍受各种委屈，如果不是心中有爱，谁会这么做呢？

老奶奶的儿子终于红着眼眶，郑重地说：“我们一定买锦旗，亲自到府上答谢您，这本来就是我们应该做的！”

浪子回头金不换。每一个真心改错的人都应该被尊重，在他们需要自我救赎的时候，别人的爱都是非常可贵的鼓励。如果你遇见这样的人，不妨慷慨地献出你的爱。

暖透一生的奶酪

崔修建

爱是生命的火焰，没有它，一切变成黑夜。

——罗曼·罗兰

她曾暗暗地喜欢过他，但一向自卑的她，从未跟任何人袒露过这个秘密，只是把一份纯洁的情感永远地压在了心底。

那时，她和他在那所教学水平极其落后的乡中学读书。她是他的前桌，但两人几乎没说过几句话，因为她那时平凡得实在是太不起眼儿了，成绩优异的他却一直是老师和同学心目中的焦点。后来，全班唯一考入县城高中的是他，自然他也是全班唯一的一个大学生。再后来，他考上了研究生，去了美国。这期间，他和许多同学都断了联系。

初中一毕业，她便开始年复一年地侍弄那几亩责任田。20 岁那年，她听从父母的安排出嫁了。她嫁的那个男人懒惰又好喝酒，还时常粗野地打她，打得她身上青一块紫一块的，让人看了心疼。

在一个炎热的夏日，她那喝醉了酒的男人，失足跌落到村外的一条小河里溺水而亡。后来，她又嫁给了一个老实巴交的男人。安稳日子没过上一年，她的第二个丈夫又不幸在翻山抄近路回家时，被采石场突然炸响的哑炮掀起的石头砸中了太阳穴，连半句遗言也没留下，就匆匆地撒手而去。

这时，她已是两个女儿的妈妈，小女儿刚刚满月。守着两间破草房，加上一大摊子外债，日子窘迫得让她看上去比实际年龄要苍老十多岁。

村里有人背后说她命硬、克夫，她也惶惑：自己的命咋这么不好？怎么连

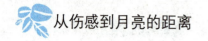

一份艰难日子也不让自己支撑下去？

偏偏在这个时候，更大的不幸又降临到了她的头上——她被检查出患了严重的肝炎，医生叮嘱她一定要少干重活，还要抓紧时间治病。面对那冰冷的诊断书，她欲哭无泪。

在那个飘雪的冬天，她木然地徘徊在村边的冰河上，心冷得如拂面的凛冽寒风。是女儿那一声声急切的呼唤，让她揩去眼角的泪水，拖着沉重的身子走回家中，点燃潮湿的柴火，给漆黑的小屋添一分暖意。

这个春节该怎么过呢？无法挥去的愁绪缠绕在她的心头。

傍黑时分，村长大声嚷嚷着，给她送来一张寄自美国的贺卡。那是一张十分精致的贺卡，上面画了一块大大的奶酪，还有两行充盈着诗意的话语——真情如奶酪，芳香永远飘逸在岁月的深处。

哦，是那个不曾忘怀的他寄来的漂亮贺卡。他的一语简单的问候，宛若一缕温馨的春风，吹入她几欲绝望的心田。捧着贺卡，她的眼角一阵灼热——这么多年了，难得他还记得她这个同学，记得给这个藏在山旮旯里的"丑小鸭"，送上一份真诚的关心和祝福。

"妈妈，这是什么？"四岁的大女儿指着贺卡上的奶酪问道。

"这是奶酪，很好吃的一种东西。"其实她也只是听说过，从未品尝过奶酪的滋味。

"那我们什么时候能吃到奶酪呢？"女儿的眼睛里闪着渴望。

"会的，我们会吃到奶酪的，妈妈一定让你们早点儿吃上奶酪。"她紧紧地把一双女儿揽在怀里，一个热烈的希望开始在心头荡漾。

没错，就是那突然而至的一张贺卡，那一语久违的问候，让她骤然感觉到被关切的温暖，感觉到眼前的生活远非自己想象的那样糟糕，还有很多美好的事情等着她去做呢。

一番思虑后，她拿出家中全部的积蓄——50元钱，买了两对种兔，开始圆一个大大的、又是真切无比的梦。她的勤劳和坚毅，终于感动了上苍。三年后，她成了全县有名的"养兔大王"，100多平方米的大房子盖了起来，银行里的存款已突破了十万元,她的病也在北京彻底地治好了。

那天,她领着两个女儿,走进了省城的一家精品美食屋,第一次"奢侈"地买了两大盒奶酪,母女三人欢欣地品尝了起来。

真是味道好极了!那股特有的芳香,只有她才能品味出来。

坐在布置得漂亮的卧室里,拧亮台灯,她再次打开他寄来的那张贺卡,轻轻地抚摸着那块诱人的奶酪,她眼睛湿润,喃喃自语道:"谢谢,谢谢老同学,是你冬天里的那一句温暖的问候,才让我拥有了今天的这一切……

这是我最近在回乡的列车上听到的一个真实的故事。在细细地品味时,我蓦然发觉:在我们平凡琐屑的生活中,多么需要那样濡染心灵的情感奶酪啊。如果人人都能慷慨地馈赠他人一分真情,那么我们眼下的日子里,又该增添多少奶酪一样的芬芳呢……

赠人玫瑰,手有余香。一分爱心就是一场心灵的洗礼与感化,让人们如沐春风,生活如奶酪般芳香。

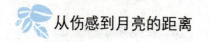

爱的鼓声

段奇清

这世界要是没有爱情,它在我们心中还会有什么意义!这就如一盏没有亮光的走马灯。

——歌德

一个人不仅要给人留下深刻印象,而且要高亢激昂,响声飞扬。

那段时间,她总希望能给人以震撼,可是,她的人生就像鼓面严重受了潮的大鼓,不管怎样就是发不出应有的声响。是的,她无时不刻都在想突破自己,一直在寻找创作灵感,可思维就像有了皱褶一般,处处受阻。

那天,丈夫刘淳晴要去台湾主持商务洽谈会,她将丈夫送上飞机后,回到

家中就又去寻找灵感了。在台湾的刘淳晴时刻都惦记着她,每天都会打电话,问她吃了什么、睡了几个小时。她总说吃得好,睡得好。丈夫也就稍稍放心了。

处理完事情,刘淳晴匆匆飞回北京。可家中的景象不禁让他大吃一惊:屋子里乱糟糟的,妻子憔悴地坐在一堆光碟、书籍之中,头发凌乱,身旁放着几个空的酸奶盒子……

这几天,她把自己关在屋子里,完全打乱了正常的生活秩序,一个劲地冥

思苦想。丈夫痛心地说:"你这样苦苦逼迫自己只会适得其反。静下心来,做好现在的,一旦时机到了,一定会有灵感。"她无心听这样的话,推开丈夫去了书房。

他心疼地注视妻子的背影,心想,妻子为了艺术所付出的一切,唯有自己最懂。而他所能做的,就是认真打理好自己的生意,尽可能多赚一些钱,让妻子从沉重的经济压力中解脱出来。

她所组建的舞蹈团的全部费用都得靠演出去挣。一年得演出300多场,她也就天天在紧张忙碌里度过。许多时候连续一个星期每天只能睡两个小时。商演让她一颗飞扬的心被砸落在红尘,敏捷的思绪也远离她而去。

他一心要为妻子分忧,没想到,正在商海紧张打拼的他也陷入困境。接到丈夫的助理打给她打电话后,她立即乘飞机到了丈夫身边。那一刻,是轮到她大吃一惊了:才几天工夫,只见刘淳晴嘴唇边满是燎泡,人黑黑的,整个瘦了一大圈。

那些天,刘淳晴公司所有的进货渠道都被同行堵死了,他们从日本独家空运生鱼的通道也被人抢占了。刘淳晴赶到日本和生鱼供应商谈判,却没有任何结果。当他想到自己的生意一旦受损,妻子的压力会更大时,便忧心如焚。好几次,刘淳晴半夜起来在酒店外边晃荡,自言自语,也不知在说些什么。

见到丈夫遇到这么大的难处也不让自己知道,这么多年来,他却总像照顾孩子一样照顾自己,她又悔又恨,伤心地哭了。这次在日本她竟然待了一个多月。买桑叶、枇杷叶、甘草等,每天一早在酒店中熬好端给刘淳晴喝。让刘淳晴更感宽慰的是,她还通过在日本的人脉关系打通了一个个关节,帮助他找到了新的客户资源⋯⋯

这也让她有了一分惊喜,丈夫跨过了这一坎,她觉得自己和丈夫在一起有着从没有过的轻松,思路也敏捷了许多。她想,没有必要总离多聚少。

2009年1月,她特意与丈夫到老家洱源,看万物复苏的景象。一天,他们坐在地上,看着四野焕发出的绿色生机,嗅着似醇酒般新草的芬芳,听着如梵乐般的天籁之音。突然,她感觉到有"咚咚"的声音在响。一抬头,她看见一条缠绕在树枝上的绿色的蛇正用尾巴敲打着自己头上的草帽,如发现一曲最为美妙乐章的她,忙不迭拉着丈夫的手要他看。没想到刘淳晴大叫一声,拉起妻子就跑,可没跑多远,一个踉跄,他摔倒在了地上,原来是慌乱中他被一条藤绊倒了。

她趴在地下大笑:"跑什么,这又不是毒蛇!"可是,她看到了丈夫一副痛苦表情的脸。"你怎么了?"她赶紧去拉他,他却"哎哟"叫开了。她这才知道他的右膝盖骨脱臼了,动一下就如针扎般疼痛。且还有一根树枝扎进他的左腿,足有半寸深。当她将树枝拔出来后,血顿时汩汩往外冒。她赶紧用一块干净的手帕为丈夫包扎,又扶着他到村子找接骨师接骨,随之又去卫生室清洗包扎伤口。

也许连吓带伤,晚上刘淳晴开始发烧。她决定带他回北京。"你把我送上飞机就行了,你安心在这里做自己该做的事情吧。"她感到一阵心酸,握住丈夫的手:"你看以前我做的是多么不够,你成了这样还不让我管。我陪你回北京吧。快要过年了,今年我们俩在北京家里过年吧!"这可正是他所期盼的,结婚十多年了,他们从来就没有好好过一个年。

大年三十吃团圆饭的时候,刘淳晴握

住妻子的手,久久凝望着她:"这次虽说我受了一点伤,可觉得挺高兴的,和在日本一样,让我感到你从'女神'回到了人间,成了一位温柔能干的妻子。"丈夫的话,让她心中不禁一震:"就是这次回到洱源老家,聆听大自然的声音,也让自己听到了丈夫内心的声音。"

突然,她兴奋地对丈夫说,"我有灵感了,下一个舞蹈的主题是'声音'。她沉思片刻,又说,"不过,具体名字是什么,我还不太清楚。"刘淳晴痴痴地看着妻子,心中漾起无限喜悦:那个精灵般的舞者就要回来了。

是的,她就是杨丽萍。

春节过后,杨丽萍准备开始新的创作。忽然,在一旁的刘淳晴大叫了起来:"有了,萍萍,舞名就叫《云南的响声》!"

原来前些时,也就是2009年元旦,杨丽萍去中缅边境采风,刘淳晴也陪她一起去了。在那里,一天,她发现了十几个大鼓,一下子激动得脸颊绯红,这就是她一直在寻找的那种鼓啊!

杨丽萍拉着丈夫的手,兴奋地告诉他这种鼓的来历:它已有几百年的历史,为了制作这种鼓,人们在丛林里往树上扔鸡蛋,鸡蛋打在哪棵树上不碎,这棵树就被砍下,锯成一截截的,将木头中间掏空扔到泥塘里,浸泡一两年再拿出来做鼓。这种鼓身没有一处接缝的鼓,历经百年也不开裂,敲出来的声音隆隆的震撼天地。

2009年5月7日,《云南的响声》在昆明首演。演出获得巨大的成功,被誉为《云南印象》的姊妹篇。不,这不仅是印象,而是一种震天撼地的响声!

夫妻间的挚爱,在一起的相互交流与启发,让她一发不可收,2011年,她创作出的《孔雀》让她的人生飞得更高远……

爱是艺术的根，爱是灵感之源，人生也许是一面鼓，只因有了爱，相爱的人有了更多的交流和启发，才能让你的人生发出最响亮最动人的声音，展示出无限的艺术魅力……

士为知己者死，女为悦己者容。每个人在没遇到另一半之前，都是一副肆意流淌的姿态，仿佛心灵没有着落。可是一旦遇到对的人，便会发生很大的转变。这就是爱情的力量！

奇气磊落撑苍穹

奇 清

我会有这样的爱情全世界在我眼中这时分为两半：一半是她，那里一切都是欢喜，希望，光明；另一半是没有她的一切，那里一切是苦闷和黑暗。

——列夫·托尔斯泰

一个执着深爱的人，心地光明磊落，其映射出来的必然是一股奇瑰之气。

她叫唐筼，又名"晓莹"，出生于 1898 年，祖籍广西灌阳。她的祖父唐景嵩是同治四年的进士，中法战争时，任吏部主事的唐景嵩慷慨请缨。因功擢升，后任台湾巡抚，在中法战争中屡建功勋，是令人景仰的爱国将士。也许如人们所说，家风淳厚，福祚绵延。

唐筼自小就特别爱读书，在天津念书期间，她的文化课成绩非常优秀，还喜爱音乐、美术等。暑假时，别的女孩子往往上街逛商店去了，她却待在家中，用旧报纸练习书法，因而书法成就曾得到散原老人陈三立等多位大家的赏识。绘画也有相当造诣，在北洋女师学习期间，唐筼的钢笔画曾被收录于《也同欢乐也同愁》一书中。

她且文武双全，当时，女子体育教育已开始流行，唐筼凭着过硬的体育能力争取到公费学习的名额，于 1917 年初，前往上海基督教女子青年会设立的体育师范学校就读。两年后以优异成绩毕业，回到天津母校担任体育部主任。后来，她又到南京金陵女子大学深造，就读体育专业本科。毕业后，任职于北京女高师，曾是许广平的老师。

"险语突兀泣鬼神，奇气磊落撑苍穹"，奇崛之气不仅撑起了唐筼璀璨的学业，而且撑起了她熠熠生辉的爱之天空。在北京，有人说唐筼是漂在京城的"剩女"，因为那时她已是 29 岁的"大龄女子"了。也许应了这样一句话："爱情不是寻找来的，是等来的，撑来的。"

那是一个周末，见窗外花事凌乱，一种诗情在她心中漫泛上来，于是找出祖父的两副条幅："苍昊沈沈忽霁颜，春光依旧媚湖山。补天万禾忙如许，莲荡楼台镇日闲。"另一幅是："盈箱缣素偶然开，任手涂鸦负麝煤。一管书生无用笔，旧曾投去又收回。"她曾许多次看过它们，见到诗幅就仿佛感受到了祖父当年的英豪之气。这一天，她将它们挂在居室的厅堂之上。

一次，清华几位同事于闲谈中，偶尔提到曾在一位女教师家中，看到墙壁上悬挂的诗幅末尾署名"南注生"。这位同事不知"南注生"是什么人。其中有一位教授吃惊地说："此人必灌阳唐公景嵩之孙女也。"南注生是唐景嵩的别号，其写的"请缨日记"，这位教授早已读过，于是有了不久后的登门拜访女教师的冒昧之举。不错，这位教授是陈寅恪，女教师就是唐筼。

陈寅恪祖籍福建上杭，1890 生于湖南长沙。祖父陈宝箴为清末湖南巡抚，系著名维新派骨干；父亲陈三立是晚清著名诗人。其时，陈寅恪从德国柏林大学毕业回国，以学识渊博，通晓数十种语言文字而受聘于清华国学研究院。年已三十七，仍没将婚姻放在心上。他去观摩"南注生"的诗幅时，与唐筼相识并一见钟情。第二年，即 1928 年，两人在上海结婚。因奇崛瑰丽而在时光中"撑"着，就这样撑出了两人的旷世奇缘。

婚后，二人你依我依，恩恩爱爱。可这段奇缘似乎注定了让唐筼更费力地撑持着。婚后，很快迎来他们爱的结晶，但就在大女儿出生时，以前患有心膜炎的她，被诱发为心脏病，在呼吸感到异常困难时，她想到了母亲，母亲是在生她时难产而逝去的。可她就要硬撑着，不能让他没有了妻子，甚或没有了孩子。唐筼这种对爱坚强和执着终于让死神松手。

随着第二个孩子、第三个孩子的出生，家务越来越繁重，家庭事业两难全，瑰丽高雅的她把自己变成一个撑起一片天空的旧式主妇。这段时间，陈寅恪任清华大学历史、中文、哲学三系教授兼中央研究院理事、历史语言研究所第一组组长，故宫博物院理事等职。她以丈夫的成功为荣，为孩子们的成长而欣喜。

然而，1937 年，日寇发动全面侵华战争，夫妻两人拖儿带女，仓皇逃亡。此时，大女儿九岁，最小的才四个月。一路辗转，从北京到长沙、梧州，再到香港。这时学界在昆明成立西南联合大学，丈夫去任教，她因长途颠簸心脏病复发，再也无法行走，只能带着三个幼小的女儿在香港暂住。

1940 年暑假，陈寅恪到香港探亲，并等待机会赴英国，应牛津大学之聘。然而，欧洲战事导致地中海断航，他只好暂住九龙，在香港大学任客座教授。1941 年 12 月，日军发起太平洋战争，香港沦陷。日本人以"日币 40 万元强付寅恪办东方文化学院"，俯首事敌岂是陈寅恪的性格！他只好带着全家仓促逃离香港，先后任教于广西大学、成都燕京大学。

为了打理好家，唐筼不得不精打细算，丈夫身体不好，为了给他补充营养，她曾买过一只山羊，每日挤一碗奶让丈夫喝下。生活常常捉襟见肘，她却将家庭的里里外外，打理得井井有条。这一切丈夫看在眼里，疼在心里，他不止一次地对儿女们说："你母亲是这个家的主心骨，没有她，就没有这个家。"丈夫的话让她心中如同抹了蜜一样，一切累和苦全都烟消云散。

可这时病魔像沉重的乌云向丈夫袭来，由于战争环境中的颠沛流离、劳作辛苦，使得陈寅恪患上眼疾且日益恶化。到1945年8月，他因视网膜脱落导致双目失明。9月，陈寅恪应英国皇家学会约请赴英治疗，英一流的眼科专家对他的眼疾实施两次透热疗法，但未能有明显效果，视力仅仅达到从明亮处视物，能见到模糊轮廓。

复明无希望，陈寅恪有一种生不如死的痛苦。"百年夫妇百年恩，纵沧海、石填难数"，唐篔以女性全部的体贴安抚丈夫身心的创痛，除了细心照料丈夫，她还为他查阅资料，诵读报纸、信件，并承揽了家中所有来往书信的回复。

一直以来，唐篔常年受心脏病的困扰，如在香港时她心脏病复发，竟至病危。从桂林往成都途中又染痢疾，一个多月后才痊愈，生活的磨难，使得她的身体变得一天比一天更糟。陈寅恪说，我一直想先她一步离去，看来这个愿望成了泡影。悲痛之余，他以颤抖的双手，摸索着为她写了挽联："涕泣对牛衣，卌载都成肠断史；废残难豹隐，九泉稍待眼枯人。"真挚的情感跃然纸上，几乎每人见了这副挽联，都禁不住潸然泪下。

没想到，唐篔就如同这一辈子一样，坚强地撑着，不肯离去。1969年10月7日，被誉为"三百年乃得一见的史学大师"的陈寅恪凄凉离世。此时的唐篔已卧病在床，她没有流一滴眼泪，很平静地处理了丈夫的后世。45天后，即同年11月21日，唐篔也走了。这年，他79岁，她71岁。

有人说唐篔死于心脏病，也有人说她大半生靠药物维系生命，停药十余日，生命就能轻松结束。也许是丈夫去后，她认为再也不需要撑了，撑着实在太累太累！总之，唐篔是追随陈寅恪去了，这对德才兼备的唐篔来说是生死相随、生死相依。

唐筼被誉为"中国好女人",陈寅恪是精通西学的"中国文化的托命人",是"近三百年来一人而已"的大先生。"须臾静扫众峰出,仰见突兀撑青空",陈寅恪撑起了一片学术的天,唐筼为丈夫学术的天空撑起了一片明丽的家的天,也撑起了世间一片最撼动人心最美爱情的天空……

我们该有多幸运,才能碰到这样一个人,她无怨无悔地陪着你走很远的路,吃很多的苦,却从来不要求回报。愿你能早日找到那个他(她),如此,此生无憾矣!

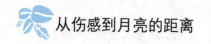

内心深处有个家

清 翔

永远记住这一点：世上最不平凡的美是家里的美。

——萧伯纳

有诗说："白云深处有人家"，"藤萝深处有人家"，这样的家或许飘逸、清悠，但未必就是幸福的。一个幸福快乐的家，一定是安在内心深处的。

一次，他的小说在国内获得大奖后，一个年轻漂亮的女子来到他们家，对他说："你和你妻子的学识水平、文化层次不对等，根本就是两个世界的人，你应该勇敢追求属于你自己的幸福。"女子是来向他示爱的，他说："你说得不错，我很勇敢，已追求到自己的幸福。"

看他一脸的甜蜜与真诚，根本不像是在说笑，那女子正纳闷之间，他又说，"爱情和学识、地位无关，而是与内心深处的灵魂有关。我早已认定，和我朝夕相处的糟糠之妻，就是与我相伴一生的人。"

见年轻女子颓然而去，偶然在屋外听到这番话的杜勤兰进得屋来，靠在丈夫身上轻声抽泣，莫言抬起手轻轻抚去妻子眼角的泪水……

几十年来夫妇俩相濡以沫，总进行

着灵魂与灵魂的对视。一个人要进入他人的视线很容易,要走进其心灵却很难很难,那需要以情感的垒土一次次在他人心灵之台上叠加和累积。

莫言当年欲当一名作家的想法极为朴实,饿怕了的他听说当作家不仅可以不再挨饿,且生活质量"极高":每顿都可吃到饺子。倘若做了作家挣到吃饺子的钱,还得有人来做啊,比他大了两岁的杜勤兰虽称不上光润玉颜,转盼流精,但她特别能吃苦耐劳,淳朴利落,他相信她就是一位贤妻良母,能将面粉、韭菜、猪肉或羊肉等食材,包成香甜可口饺子的人。

当时,他们都在镇上的棉油加工厂做合同工,他清楚对方也喜欢他,想到贫寒的家境,莫言只得将这份爱慕之心深深埋藏在心底。1976年冬,21岁的莫言应征入伍,他这才觉得有资格向心上人表白了。

那是一个大雪天,天地一片皓白,他约她踏雪观景谈心,途中,他向她表明了爱的心迹。听了他的话后,她心中如同生起了一盆火,暖融融的,这火又似乎照红了她的脸,她说:"那你赶紧托媒人到我家提亲啊!"这时,有谁家的炊烟飘了过来,在一堆一垛的雪间缭绕着……两人顿然觉得那充满烟火味的雪堆雪垛,不正是在预示着未来他们家有吃不完的白面饺子!

就是这样怀着对美满家庭的憧憬,他离开了家,成为驻扎在山东龙口的一名新兵。可这一去就是两年多,未曾能回一趟家。刚到部队,忙训练,还要学文化,当然一刻也忘不了当作家的梦,时常埋头创作。

"征鸿排尽相思字,音信落谁家",她一次又一次盼着他有信寄来,可很少有鸿雁是停落在她家的。"红烛背,绣帘垂,梦长君不知",多少个夜晚,在夜风摇曳的烛光中,她情切切思念着远方的心上人。

一天,一只鸿雁停落在了他的书桌上,是的,那是她写给他的信,不,是画出的信。两年多来他之所以很少给她写信,除了忙,还有一个很重要的原因是她只念过两年书,由于日子艰涩,很少有时间看书,所认识的几个字基本都遗落在了时光中。然而,深深的爱就能出深深的智慧:写不了字,难道还不会画画?

　　他拆开信，纸上画的是一个胖胖的男人，穿着厚厚的棉袄，正大口大口吃着馒头。他明白，这是在嘱咐他一定要穿暖、吃饱，长得白白胖胖的。看罢，他的眼眶不禁湿润了。他也很快给她画了一幅回信：一个胖胖的男人和一个女人围着土炕吃饺子，窗外是一串串鞭炮。

　　她收到信，高兴得泪花闪烁，她明白，他是在说，春节时他回家吃她做的饺子。流光过隙，她似乎还觉得慢，她是盼望着春节快点到来啊！

　　然而，过年时他并没有回家。直到这年的7月，他才向部队请假回到家乡高密。得到喜讯后，她连忙去车站接他。在见到她的那一刻，他哽咽着向她念了自己刚刚写的一首打油诗："当兵两年还故乡，车站广场听茂腔。此曲唯在高密有，使我潸然泪两行。"他一踏上家乡的土地，那熟悉的茂腔让他禁不住涕泗横流。她知道，这是他对故土的热爱与眷恋，也是对她爱的执著和坚贞。

　　几天后，也就是1979年7月10日两人结为夫妻，她坐在他骑着的自行车后面往新房去。路上他说，本来是要在春节时回家和你举行婚礼的，只因我手中的钱还不够，买不了"三大件"。这次他买回的"三大件"有自行车、缝纫机，但没买手表。他说，我在部队，不能够天天陪你说话，买了收音机让你解闷。

　　他的心可真细啊！她心中又平添几分温暖。他说，等我攒够了钱再给你补上手表。她连忙说，在部队，钱本来就不多，你还要买书，手表就不要买了，我不能让你太苦了自己。他们这个小家一建立，就安在了各自内心深处。

　　1981年，他们家双喜临门，在经过一次又一次退稿后，莫言创作的短篇小说《春夜雨菲菲》终于得以发表；更让一家人喜得合不拢嘴的是女儿管笑笑出世。

　　双喜之外还有一喜，杜勤兰不久前成为棉油厂的一名正式职工。在女儿出生后，她却辞职了，他愧疚不安地对妻子说："你熬了这么多年才成为正式职工，但为了这个家你又把它放弃，真是委屈你了！"为了不让丈夫有心结，她幽默地说："有啥委屈的，我回家务农是支持你当兵，说不定年底政府就授予我拥军模范称号,给我戴上一朵大红花,我高兴还来不及呢！"

打这后,她把一家十几口人衣食住行,以及十多亩地都打理得井井有条,家中没有什么事需要莫言操心,他也就把整个身心放在工作、学习和写作上。只念过小学的他,一边自学初中、高中课程;一边以独到的眼光挖掘生活中普通事件的闪光点,充满激情地创作,以致常常到深夜。

他并不像她信中所画的那样,好好照料自己,总是敷衍了事。正如他所说,创作是一个力气活,体力消耗大。到了半夜,肚子会饿得"咕咕"叫,他要么忍着,要么拿几根大葱煮水喝。时间长了,他患上了严重的胃溃疡。

此时,杜勤兰通过自学已能流畅地写信了,知道丈夫得了胃病后,她连忙写信告诫说:"不能这样糟蹋自己的胃,它还是好多美味饺子的归宿呢！"

同时她还请教老中医,她要到山上去采集治疗胃病的草药。她把采回来草药熬成药汤,然后把汤汁和高粱面做成煎饼,托人带给丈夫。从此后,他写作到半夜,喝一口开水,吃一口充满草药香气的煎饼,让他身心俱暖,不禁文思泉涌。

由于有了爱意浓浓的内心深处的家,不仅严重的胃病痊愈,而且那中药汁煎饼化作了红彤彤、布满山岗原野的"红高粱"。是的,那是他 1986 年创作出中篇小说《红高粱》,小说经张艺谋拍摄成同名电影后,他就如同一片硕壮的红高粱,深深扎根在了山东高密,不,全世界广袤丰腴的土地上。

从此他一发而不可收,先后又创作出《生死疲劳》《丰乳肥臀》《四十一炮》《天堂蒜薹之歌》《蛙》等传世之作。2012 年,他以小说《蛙》成为中国第一个摘取诺贝尔文学奖桂冠的作家。

2012 年 12 月 11 日,他携妻子到瑞典参加颁奖仪式,他从瑞典国王卡尔十六世·古斯塔夫手中接过诺贝尔证书、奖章和奖金支票,随后来到妻子面前,深深鞠了一躬说:"我最大的成功,不是写出多少名篇,而是有一个幸福的家庭。"

第二天晚上,杜勤兰特意在当地华人家又为丈夫包了一顿饺子。在瑞典,莫言参加各种盛大的宴会,吃得无不是山珍海味,可他说,"这是我在瑞典吃得最好的一次,感觉像回到了家中,因为我始终认为妻子包的饺子是世界上最美的美味。"

内心深处有个家,它既坚固而又是会行走的,无论到了哪里,它都能给你心灵予以最温暖的呵护;它既朴实而又豪华,就像夜空中的星星,举头可见却熠熠生辉。

多少次,我都在梦里回到那个魂牵梦萦的地方,那里有我的过去,还有我的双亲。有家,就有爱,有爱,就有希望。

爱的表达

宋传德

爱别人，也被别人爱，这就是一切，这就是宇宙的法则。为了爱，我们才存在。有爱慰藉的人，无惧于任何事物，任何人。

——彭沙尔

　　她是南京市一家国企的职工，丈夫是警察，日子过得挺安稳。2001 年初夏，她时常感到后背隐隐作痛，想着可能是近几天过于劳累所致，就吃了几片止痛药。几天后，后背出现钻心的疼痛。去医院检查的结果让她和家人都大吃一惊——白血病。治疗的办法就是骨髓移植。

　　她有一个弟弟和一个妹妹，检验的结果是妹妹柏翠云的配型成功。在姐弟三人中，翠云是最淘气的，姐姐的性格则完全不同，从小就知道疼爱弟弟和妹妹，有好吃的东西总是让给他们。成年后，也经常帮助弟妹两家。

　　当得知配型成功时，急性子的妹妹连想都没想就做出了决定。尽管家里人有顾虑，但为了救姐姐，妹妹顾不了那么多。"家里人同意我得捐，不同意我也得捐！"翠云说。翠云家境一般，下岗后，靠送报纸维持家用。最让人痛心的是，丈夫也在姐姐患病的那一年得了癫痫病，整个家就靠翠云一个人支撑着。

　　两个月后，姐妹俩一同踏上了北上的

旅程,去做造血干细胞移植手术。手术前,翠云必须提前在医院待上一个多星期。在一周的时间里,翠云每天都得注射一种刺激因子,为提取造血干细胞做准备。为了方便去医院照顾姐姐,翠云在医院的附近租了房子。尽管条件简陋,但可以自己做饭。每天早晨,翠云都起得很早去买菜、烧饭,给姐姐做可口有营养的饭菜。有时候姐姐吃不下东西,翠云就跑到几公里外的大菜场,挑选新鲜蔬菜回来煮菜汁给姐姐喝。

医院给翠云设计的捐献方法是,先把骨髓血中的造血干细胞"赶"到外周血中,之后从手臂上采血,通过分离器把造血干细胞提取出来。虽然不用抽取骨髓,但"赶"干细胞的过程也不轻松。"头几天还没什么特别的感觉,到后面的几天,浑身就像有无数个小虫子在拱,那个感觉真的好难受!"尽管如此,翠云还是坚持着。"只要能够救活姐姐,再大的痛苦我都能忍受。"

翠云的造血干细胞被有效地抽取了出来。提取完的第一天,翠云感觉四肢发麻,手脚冰凉,心里发慌,连走路都很困难。但只要想到姐姐,翠云就踏实下来。翠云一步步挪到无菌病房外,隔着玻璃,翠云看到姐姐拿起电话只问了她一句话:"你还好吧?"翠云回了一句话:"我还好。"当提取的造血干细胞被送进姐姐的无菌病房时,听着护士的那声"细胞来了",姐姐的眼泪就止不住地流了下来。"那一刻,我仿佛有一种获得新生的感觉,内心里对妹妹的感激无以言表。"

移植手术非常成功。在北京住了不到四个月,姐妹俩就平安地回到了南京。姐姐虽然重获健康,但她不能做过重的家务。翠云索性就辞了送报的工作,一心一意地照顾着姐姐。

然而,老天爷实在是不开眼,快乐的日子没有维持多久,时隔8年,癌细胞再次造访了姐姐。

2009年国庆前夕,姐姐的胸口发现一个鹌鹑蛋大小的包,切片检查的结果是恶性肿瘤。再仔细一查,两侧腋下、腮下都有了大小不一的肿瘤。种种迹象表明,白血病在髓外复发了。不到一个星期,癌细胞就从髓外侵入骨髓,白血病再次全面复发,全身癌细胞达86%。这样的结果对所有的亲人都打击不小。

对于已经做过骨髓移植的白血病人来说,复发就意味着生命接近了死亡的边缘。姐姐活下去的唯一希望就在妹妹了。可就在前不久,翠云的丈夫刚刚因病过世。失去丈夫的痛苦让翠云也挣扎在崩溃的边缘,无论如何也不能再让姐姐紧跟着走向死亡。

当医生提出可以尝试一种全新的治疗方法时,翠云来不及详细打探,立即就答应下来。但翠云不知道的是,新的方法还得完全依靠她来提供淋巴细胞。由于姐姐的癌细胞存在于全身,只能依靠妹妹提供健康的淋巴细胞。为此,翠云再次躺到捐献床上。2 个多小时的提取,翠云默默地忍受着心慌,腿麻等各种不适。让人欣慰的是,妹妹的付出没有白费,新的免疫疗法又一次成功地把姐姐从死亡线上拉了回来。

和第一次移植不同的是,这次移植后,每隔一段时间,就得再移植一次免疫细胞。至今,姐姐去了 19 趟北京,妹妹也陪着去了 19 趟。5 年间,翠云共为姐姐捐献了 9 次免疫细胞。

尽管妹妹对捐献免疫细胞无怨无悔,但对姐姐来说,妹妹陪着她来回奔波和捐献的辛苦,都让她感到无以为报。多年来,姐妹俩的表现都是"爱你在心口难开"。这次,姐姐决定用实际行动来"报答"妹妹。

"和那些得癌症离世的人相比,我已经够幸运了。这都要感谢我有个好妹妹,她是一个伟大的妹妹。我这病没完没了地折腾她,活着一天,妹妹就跟着我遭一天罪。"从 2013 年 4 月起,不管翠云怎么催促,也不管家人怎么劝说,姐姐就是不愿再去北京接受移植干细胞治疗。直到 2014 年 5 月初,姐姐的上身又出现了一个恶性肿瘤。万般无奈的情况下,挨过了 13 个月,姐妹俩再次去了北京。

5 月 16 日,妹妹第 10 次为姐姐捐献了自己的免疫细胞。每一次捐献,姐姐都站在门外,看着旁边那台大机器的闷声运转,妹妹的鲜血从两个手臂上的导管进出,强忍着内心的煎熬。此时,姐姐唯一能做的就是祈祷老天爷保佑妹妹健康平安。

一周后,从妹妹的血液里提取出来的救命细胞,就会进入姐姐的体内,让姐姐的生命之树常绿。刚刚捐献完细胞的翠云,感觉还是有点心慌,稍事休息,就慢慢地回到租住的小屋里。姐姐也特意和医生请了假,来到小屋看望妹妹。自从姐姐 13 年前生了病,北京,就有了翠云的"第二个家"。

在妹妹租住的小屋里,姐姐看到妹妹正靠在床头,织着一条小背带裤。姐姐的女儿已经怀孕,原本这给即将出生的外孙打毛衣的活该是姐姐做的,无奈化疗带来的肌肉排异副作用,让姐姐没法低头织活,妹妹就替姐姐织了起来。现在,已经织好了两件上衣和两条开裆裤。"快了,再有几个月宝宝就出生了。"妹妹笑眯眯地碰了碰坐在身边的姐姐,"你得好好地活着,我陪着你等着宝宝叫咱们外婆呀。"

感谢这些留存在我们生命中的亲人,让我们永远不会孤寂。

心的呼唤

宋 杰

爱是绝对没有模式和规律的,爱也是不可能说清楚的。说得清楚的即不是爱,而只是一种利益的结合。

——卢森

2014 年 4 月 28 日,12 岁的江西男孩小包, 因严重心衰住进了北京安贞医院。4 月 30 日,小包的病情突然加重,出现了严重的肾衰竭等多项危急情况,紧急手术后,在他心脏处放入了支持设备,才稳住了血压,肝肾功能都有好转。但这个支持设备 7 天内最安全,时间再长,小包还是可能会出血、感染。

早在两年前, 小包所患的扩张性心肌病就很严重。曾经到过北京、上海、广西、武汉和香港等多方求医,都没有收到确切的疗效。医生在劝其家人给孩子做心脏移植手术的同时,把小包的需求类型做了登记上报。

4 月 30 日晚,安贞医院根据小包的病情,紧急联系了国家器官移植捐献管理中心以及其他合作的医院,寻找和小包血型匹配的 O 型血心脏。长期做心脏移植手术的张海波医生不无惋惜地和小包的妈妈说:"如果找不到合适的心脏移植,这孩子真的就没救了。"

5 月 1 日晚,张海波接到一则消息,说是广西有一位叫叶劲的 21 岁脑瘤晚期患者进入脑死亡状态,家人决定捐献孩子的心脏、肝脏、肾脏以及眼角膜,并且已经与当地红十字会签订了器官捐献协议。根据登记的各项资料检测结果,叶劲的心脏和小包的心脏相当匹配。当张海波把这个消息告诉小包的家人时,这颗远在千里之外的心脏,给这个一筹莫展的家庭带来了莫大的希望。

负责为小包心脏手术主刀的孟旭医生依据自己的经验,在捐献供体里获得较好的心脏特别不容易,通常 10 个捐献者中只有一个人的心脏可用。为了确保这颗救命的心脏能救治这个看上去还算幸运的小男孩,北京安贞医院派出了一名医生,即刻启程赶往广西桂林的解放军 181 医院,再次对叶劲的心脏进行确定性的评估。为了捐献心脏,叶劲的家人特意把即将离世的叶劲从广西贺州转到了桂林 181 医院。尽管叶劲的心脏是依靠药物在维系跳动,血压也有些不太稳定,但这颗可以延续另一个小生命的心脏还是通过了医生的评估。

"心脏不错"的消息传到了北京,5 月 1 日 23 时 02 分,小包的妈妈"Cola_妈咪"发布微博:"恳请 2014 年 5 月 2 号,下午 17:55,南航航班号 CZ3287 由桂林飞往北京的航班全力确保准点起飞, 因为有一个捐赠器官搭乘该架飞机,我的孩子急需这个器官移植救命,如果错过了最佳移植时间孩子就会……"

与此同时,南航广西分公司也接到了桂林解放军 181 医院的一份关于保障从桂林运送心脏供体器官至北京的申请函:因心脏供体离体时间要求在 6 小时以内,为保障心脏移植手术顺利进行,希望南方航空公司予以协助保证该航班正点起飞,以挽救患者生命!

5 月 2 日下午 16 时, 叶劲的家人送别叶劲最后一程。病床上的仪器显示,叶劲的心脏还在跳动。16 时 55 分,叶劲的心脏被取出。心脏外科主任潘禹辰把心肌保护液从冠状动脉灌入了心脏,让心肌能量消耗降为最低。随后心脏被放入无菌袋,装入了盛放着冰块的冷保温箱,快速放进了早已等候在大门外的救护车。一路上,救护车警笛长鸣,朝着桂林两江国际机场飞驰,潘禹辰的手始终紧紧放在这个红色的储存箱上。此时叶劲的心脏已经停止了跳动,进入了休眠状态。

已经做好各项准备工作的南航运行指挥中心,向民航局调度室提出航班优先保障申请,请求华东、华北、中南、东北空管部门,优先放行涉及的相关航段航班,确保航班准点出行。同时公司还专门准备了2架飞机作为备份。尽管飞机从桂林飞至北京全程只需2小时40分钟,但是从181医院到桂林两江机场的距离为27.7公里,首都国际机场T2航站楼到安贞医院的距离为26.4公里。如果遇到堵车加上登机、降落的时间,时间仍然十分紧迫。

17时25分,护送着叶劲心脏的急救车抵达桂林两江机场,早已等候在此的南航地服人员马上为陪运医务人员递上早已办好的登机牌,并引导他们走快速安检登记通道。10分钟后,一行人登上了开往北京的CZ3287航班。17时55分,从桂林飞往北京的南航CZ3287航班提前15分钟起飞。

得知飞机提前起飞后,"Cola_妈咪"再次发布微博:"飞机提前起飞! 感谢大家的祝福,感恩大家的关注! 捐赠者大爱无疆! 我们全家铭记于心! "

与此同时,北京警方担心机场到医院的途中会出现交通拥堵,随即决定沿途安排警力为这颗"救命心"保驾护航。但因不知道患者住在哪家医院,随即通过微博和患者家属联系后,获知这颗"救命心"要送到距离首都机场T2航站楼26.4公里外的安贞医院时,为了确保"救命心"按时抵达,决定使用急救直升机实施空中转运。由于安贞医院内不具备直升机起降条件,交警即对安贞医院西门外的安贞路沿线实施临时交通管制,在马路上为直升机"圈"出了一个"临时停机坪"。

20点20分,CZ3287航班在首都国际机场降落,比计划时间提前了35分钟。随后直升机从首都机场起飞,9分钟后,在两辆私家车大灯的指引下,直升机在安贞医院外的"临时停机坪"成功降落,装着"救命心"的保温箱被迅速送进了手术室。

此时,男孩小包已在手术室里等候,一切准备就绪。主刀医生孟旭主任日前刚刚从加拿大回京,不顾劳累投入到这场手术中。

23 时 12 分，孟旭走出手术室宣布核心的手术已顺利完成。孟医生表示，尽管心脏大小不匹配增加了手术的难度，但这颗"救命心"已经在 22 时 30 分恢复跳动，小包生命体征平稳，待缝合伤口后将转入 ICU 病房。

至此，从 16 时 55 分到 22 时 30 分，叶劲的心脏仅经过约 5 小时 35 分的休眠后，就得以在小包身上重新跳动。

这是一次爱的接力，正如歌中唱道："这是心的呼唤，这是爱的奉献，这是人间的春风，这是生命的源泉……死神也望而却步……生命之花处处开遍。"

这不仅是身体器官的交换和赠送，也是真正意义上爱的延续，愿这人间的大爱与时间永存。

这个世界我来过

戚桂敏

对人来说,最大的欢乐,最大的幸福是把自己的精神力量奉献给他人。

——苏霍姆林斯基

2014 年 4 月 2 日凌晨 4 点 15 分，一个幼小的生命，走过上帝赐予的 2600 多天，幻化成一缕曙光，给 3 个黯然的生命送去新的希望。他就是荆州市 7 岁男孩陈孝天。

2012 年 5 月 9 日,5 岁的孝天跟着奶奶遛弯时，走起路来头重脚轻身体总往前倾,奶奶觉得有些不正常,就带他去了医院。一检查,结果让她大吃一惊:小孝天得的是脑瘤。无奈只好马上送进医院做了脑瘤手术。

仅仅过了 4 个月,孝天旧病复发。此时的他,呕吐越来越频繁。2014 年元旦那天，因逐渐长大的脑瘤压迫了视神经,小孝天双目失明了。2 月 11 日,孝天就完全瘫痪在床上，并时常出现意识模糊的现象。

3 月 27 日，孝天转入了武汉解放军 161 医院神经外科治疗。入院后,孝天处于时而清醒时而昏迷的状态。科主任程新富对孝天的奶奶说:"孝天的癌细胞已经扩散到整个大脑，已经没有再次手术的必要了。"听到这些话,奶奶痛不欲生。6 天来,孝天的情况一天比一天差,医生 24 小时监护他的生命体征,只能静脉注射营养液来维持身体需求。

然而,更让人痛心的是,早在 2011 年 11 月,孝天的妈妈,34 岁的周璐就被查出患上了尿毒症,靠透析维持生命。孝天脑瘤复发,周璐只能强忍病体,在治疗的间隙去照顾孝天,每晚都无法躺下入睡。在孝天的病情恶化的同时,住在同济医院的周璐病情也在恶化。同济医院的医生说,要想挽救周璐的生命,非做肾脏移植手术不可,但周璐一直没有找到合适的肾源。

面对住在两个医院的母子俩,一个是即将离世的亲孙子,一个是日渐垂危的儿媳妇。奶奶陷入了前所未有的迷茫。迷茫过后,这个坚强的女人做出了一个让人敬佩的决定,她要说服家人,把孙子走后的器官移植给他的妈妈。

奶奶心里清楚,孙子的病情已无法逆转,而儿媳妇的生命还有很大的希望,用小孙子的肾脏来挽救他妈妈的命,是一种最好的结局。这么想着,奶奶就找到医生说:"我孙子已经这样了,我总不能再眼睁睁地看着他的妈妈也随他而去呀。大夫,我想用孙子的肾脏来救他妈妈的命。行吗?"当小孝天听说自己的肾脏可以救妈妈的命时,就拉着奶奶的手说:"我想救妈妈!我想保护妈妈!"医生非常肯定地回答:"可以,完全可以呀!"在场的人被感动得热泪盈眶。

当奶奶把这个消息告诉孝天的妈妈时,却得到了周璐的强烈反对:"儿子有病,我这个当妈妈的没有尽到妈妈的责任,怎么还能忍心再肢解儿子的身体呢?"奶奶再次强忍着眼中的泪水去劝说儿媳:"璐璐呀,孝天已经这样了,我总不能再看着你也跟孝天一样离开我们吧。我已经和孝天说好了,孝天非常懂事,他说他想让妈妈快点好起来。你就满足孩子的心愿吧。"接着,奶奶又让周璐的娘家人劝她。几经劝说,周璐最终才答应了接受儿子的肾脏。结果母子俩的配型成功。

4 月 2 日凌晨 2 点多钟,孝天再次出现病危迹象。护士紧急通知了守在病房外的奶奶陆元秀:"快进去看看吧,孝天可能快要不行啦。"奶奶一边哭一边跑进了重症监护室。从荆州赶来的爸爸和爷爷这时也跑到了重症监护室的门口。

医护人员经过全力的抢救,也没留住孝天的生命。4点15分,孝天的心脏停住了跳动。30分钟后,同济医院的三名医护人员就站在了孝天的遗体前,为这个让人动容的孩子默哀。家人强忍悲痛签下了孝天的器官捐献志愿书。5分钟后,医生开始切移器官。5点20分,孝天的器官送达同济医院手术室。

那夜,周璐在同济医院的病房里一夜未眠。白天就有医生告诉她,孝天可能过不了今晚,让她做好心理准备。凌晨5点15分,她被叫到医生办公室。她悬着的那颗心已经快到了嗓子眼儿。一见到她的主刀医生。同济医院器官移植所的陈刚教授,她就问:"马上就要手术吗?"当得到医生肯定的回答时,她低下了头,两眼的泪止不住地往下流,她知道儿子走了。沉默了许久,周璐流着泪,用颤抖的手,在手术知情同意书上签了字。对一个亟待移植器官救命的病人来讲,听到可以手术的消息都是异常高兴的,但对周璐来说,却是揪心的疼。她手术的开始,就是儿子生命的结束啊。

5点29分,从医生办公室到病房仅几步之遥的路,周璐却走了很久。"儿子,妈妈对不起你。在你生命的最后一刻,妈妈也未能陪你一程。还要依靠你的器官来维持妈妈的生命。如果有来世,你当妈妈,我做儿子,再续母子之情。"周璐一边想着一边坐到了病床上,抑制不住地痛哭起来。

6点38分,周璐被推进了手术室。7点43分开始手术。两个半小时后,孝天的左肾被移植到妈妈的体内,并顺利地发挥起应有的功能。

11点20分,周璐从手术室转到了重症监护室进行观察。医生说:"手术非常成功,不出什么意外的话,一周后就可以转到普通病房了。"

此时的周璐,仿佛又经历了一次十月怀胎,她在心里默默地对儿子说:"孝天,你放心吧。妈妈一定好好保重咱俩的身体,我要带着你的肾,好好地活下去。"

与此同时，按照器官分配的原则，孝天的右肾捐献给了一名 21 岁的患尿毒症两年多的襄阳女孩，肝脏捐献给了一名患乙肝肝硬化多年的 27 岁武汉小伙子。

至此，一个幼小的生命，用自己稚嫩的器官，带着人间的温暖，化作无声的语言，述说着世间大爱，为即将枯萎的生命，送去了崭新的希望和再造般的关怀。

陈孝天的英名，作为该市第 17 位捐献遗体、器官者，将被刻在捐献者纪念碑上，他救母救人的感人故事，告诉人们："这个世界我来过！"

生命如此短暂如此脆弱，也许在某一时刻，便悄然搁浅。可是，唯有爱，才能让这躯体永存和延续。

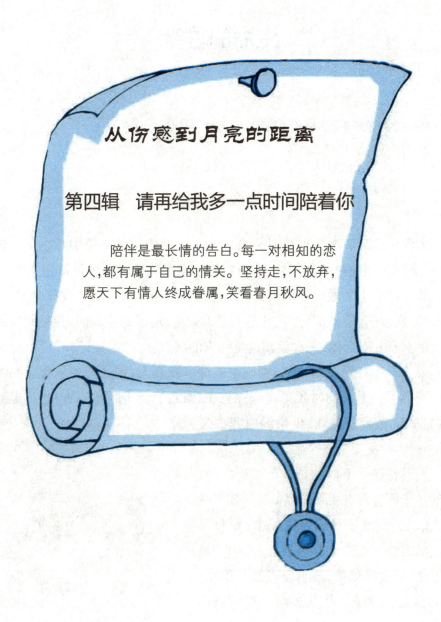

从伤感到月亮的距离

第四辑　请再给我多一点时间陪着你

　　陪伴是最长情的告白。每一对相知的恋
人，都有属于自己的情关。坚持走，不放弃，
愿天下有情人终成眷属，笑看春月秋风。

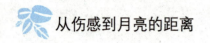
生命的甘露

张燕峰

苦和甜来自外界,坚强则来自内心,来自一个人的自我努力。

——爱因斯坦

什么都会做

大学毕业后,我曾经到甘肃会宁县一个叫中川的小镇中心小学做志愿者,同全国其他农村地区一样,这所农村小学里的孩子大多是留守儿童。

我在这所小学做四年级语文教师兼任班主任。班上有个女孩叫安宁,短发齐耳,瘦瘦的,模样清秀,尤其是一双大眼睛,清澈透明,如暗夜里明亮的星辰。但衣着并不合体,一看就知道是别人的旧衣。

安宁学习特别勤奋,学校刚发下新课本没几天,她便把要求背诵的课文全部背会了。上课的时候更是全神贯注,眼睛一眨不眨地看着我,我走到哪里,她的目光紧紧追随,生怕漏听我说过的每一句话,甚至每一个字。

与其他孩子不同的是,下课铃一响,其他孩子便像鸟儿叽叽喳喳,雀跃着四散开去,飞奔到院子里或者操场上,做自己喜欢的游戏。而安宁却会红着脸,跑到讲台上来,替我擦黑板,或者整理教学用品。我笑笑说:"孩子,你玩去吧。老师自己来。"

安宁扑闪着长长的睫毛说:"没事的,老师,我在家里什么都做呢。"声音柔美,仿佛带着太阳的浓浓暖意。

"什么都做?"我吃了一惊,一个10岁的女孩,个头不及讲桌高,能做什么呢?

"洗衣服,做饭,喂猪,我还会锄地、割地呢。"安宁仰着小脸看着我,神色之间有着压抑不住的自豪,但在我听来,却有着成人才会有的沧桑。

我心里不禁咯噔一下,这到底是一个怎样的家庭? 致使生活的重担全部落在一个10岁女孩柔嫩的肩上?

鸡蛋秘密的温暖和辛酸

甘肃省是我国农村中小学最早推行"鸡蛋工程"的省份,每天,早饭时每个孩子都可以免费吃上一枚鸡蛋。

可连着几天,我发现安宁早早地吃完了馒头,当别的孩子吃鸡蛋的时候,她已经摊开了课本,嘴里念念有声了。

我很奇怪,纳闷地问:"安宁,你怎么不吃鸡蛋?你的鸡蛋呢?"

安宁不说话,默默地从课桌抽屉里摸出一些零散的鸡蛋皮。我一看,很明显这些蛋皮远远不够一个鸡蛋的皮啊。我的心中掠过一丝阴影,安宁把鸡蛋放在哪里呢?

更令我吃惊的是,挨着安宁坐的几个孩子,他们手里的鸡蛋皮也明显少于其他孩子。这到底是怎么回事呢?

课下,我悄悄地拉住一个孩子询问,原来安宁早上从不吃鸡蛋,她要把鸡蛋带回家给弟弟和奶奶吃。为了不被老师发现,她只好与临近的同学要些碎碎的鸡蛋皮,并反复叮嘱大家不要告诉老师。

瞬间,如同一股强劲的电流猝然击中我心底最柔软的地方。一枚在城里孩子眼中实在不值一提微不足道的鸡蛋,竟蕴藏着令人意想不到的秘密。我的心怦然而动,眼睛湿润了。奶奶和弟弟在这个乖巧懂事的女孩心里有着怎样厚重的分量,竟使她能冒着被老师批评责备的风险,凭着顽强的毅力去忍受饥饿的折磨,自觉克制着诱惑,而心甘情愿地把鸡蛋藏在书包里长达六个小时?

有爱有尊严,日子就不苦

一天放学后,匆匆吃过晚饭,我踏上了去安宁家的路。那是一段极其坎坷难行的土路。车辙把路面碾出一个个低洼的土坑,也鼓起了一道道如疤痕一样丑陋的小土梁。我踉跄而行,好几次差点摔倒。心里想,在这条崎岖不平的小路上,每天安宁又会是怎样的艰难跋涉?

当推开安宁家木栅栏做的简易的木门时,一眼看见安宁吃力地端着半盆猪食一步一步地挪动着。我赶紧上前,伸出双手,试图接过来。安宁看见我,激动地与我打招呼,童稚的声音里透着掩饰不住的欢喜,但双脚仍慢慢向前挪动。

"安宁,给我。"我用不可置疑的命令口气发话。

"老师,怎么可以呢?小心脏了您的衣服。"安宁喘着粗气,大声地说。

我只好迈着细碎的步子跟在她身后。走了大约 20 米,安宁来到院子西北角的猪圈里,那里有一头半大的猪早已饥肠辘辘地候在那里,一次次地拱着权当猪圈门的石板上,哼哼唧唧地似在表达它的不满。安宁吃力地把猪食倒进猪食槽里,猪旋风一般冲了过来,风卷残云一般将食物吃干净。安宁满意地笑了,在夕阳的余晖下,这小姑娘的笑容是那样动人,犹如晨风中轻轻摇曳的蒲公英或宛如颤动在草叶间的晶莹露珠。

安宁进了屋里,我的心却一下子坠入无边的谷底。屋里光线昏暗,墙壁被烟熏得看不出原来的颜色,像一幅年代久远的斑驳的油画。屋顶尘丝纵横,状如蛛网。土炕上盘腿坐着一个枯瘦的老太太,头发花白,状如干柴。炕边坐着一个小男孩,同样的面黄肌瘦。饭桌有三碗玉米粥,正冒着腾腾热气,而老太太面前赫然放着一堆鸡蛋皮。

"安宁,谁来了?"声音嘶哑苍老。

"奶奶,我的老师,是从老远的大城市来的。"

安宁说着,边拖过一条长凳,用袖子擦了几个来回,冲着我歉意地笑笑,"老师,您请坐。"

"我们家寒酸,老师,让您见笑了。"安宁的奶奶热情地同我寒暄着。

"怎么会呢?奶奶。"见我有些目瞪口呆,安宁低声说:"我奶奶眼睛不好,什么都看不见。"

吃过晚饭,安宁很麻利地收拾碗筷,撤掉了饭桌,转身去堂屋去洗锅,然后又去院子里准备明天的猪草。

于是我和奶奶攀谈了起来。原来,五年前,安宁外出打工的父亲在建筑工地上从六层楼上摔下来,当场毙命。白发人送黑发人,老人家悲痛欲绝,终日以泪洗面,最后哭坏了眼睛。为了支撑起这个家,安宁的妈妈也选择了外出打工,前两年还不断地寄钱回来,后来不知为什么就音信全无。这样,不足8岁的安宁一个人扛起了家庭重担。每天早上她做好早饭,喂了猪,才步行去上学。而每天一放学,在学校和路上不敢耽误一刻钟,便马不停蹄地往回赶。

奶奶哽咽着,好几次说不出话来,浊泪横流,在布满皱纹的脸上留下深深浅浅的印记。一旁的小男孩睁着迷茫的眼睛,看看奶奶,一会儿偷偷地打量我。

我早已泪湿衣襟,不知该如何帮助这个风雨飘摇中随时都会沉覆的贫寒之家。我想,自己力量微薄,何不把安宁一家生活的画面拍下来,发到网上,相信会有更多的人来关注他们,帮助他们。于是我拿出相机,刚刚调准了焦距,安宁恰好走了进来,制止了我,"老师,我们生活并不苦,奶奶慈祥,弟弟懂事,我和弟弟越来越大,生活也会越来越好。"最后,安宁似在安慰我一般,轻轻地说:"爸爸活着的时候,经常对我们讲'只要有爱,有尊严,日子就不会苦。'"

我不由得对这个瘦小的女孩肃然起敬。是啊,只要心中有爱,有尊严,再艰难的日子也不会苦涩。爱和尊严才是生命的甘露。

两年后,我离开了会宁,重新回到了繁华的大城市。但安宁的话常常回荡在耳边,几年过去了,我常常想,安宁一定长大了吧?他们的日子也一定越来越好了吧?

身世不是枷锁,贫困不是牢笼。每一个难挨的日子,都是增加生命厚度的时候,因为苦难与希望并存。

请再给我多一点时间陪着你

雪 炘

因为爱情进入了人的心里,是打骂不走的。它既然到了您的身上,就会占有您的一切。您既然已经爱上了,事情就只好如此,唯一的途径是想个最便宜的方法如愿以偿。

——斯蒂文森

"泪有点咸有点甜,你的胸膛吻着我的侧脸;回头看踏过的雪,慢慢融化成草原;而我就像你,没有一秒曾后悔。"她闭着双眼,慢慢唱。

"爱那么绵那么黏,管命运设定要谁离别;海岸线越让人流连,总是美得越蜿蜒;我们太倔强,连天都不忍再反对。"他握着她的手,轻轻和。

我们站在门口,透过玻璃,用相机拍下这动人的场景。

她躺在病床上,插着氧气管,下颚肿胀得变形。对于这场拜访,他略显诧异和尴尬,而她则热情地跟我们打招呼,并要求将她扶起来,说,躺着说话不礼貌。她说话只能放慢语速,稍微说得快一点儿,就会大口喘气。

她是陕西蓝田县的女孩,今年22岁,是一名兰州石化职业技术学院大三

的学生。2010年6月的一天,她在宿舍突然头疼得厉害,就吃了几颗止疼片。本以为疼过就没事了,谁知后来越来越疼,吃止疼片根本不管用。去学校附近的医院,她被诊断为偏头痛,医生开了药。可是只要药一停,头又开始疼,吃的止疼片也越来越多。直到2012年过年回家,她才把自己的病情告诉了家人。

2012年2月底,她在西京医院被初步诊断为脑结核,5月转入陕西省结核病防治院。10月初,家人带她去唐都医院检查,检查出来是静脉窦血栓。当时做了一次腰穿,颅压高到600,因为疼痛,她将头使劲在墙上撞。到现在为止,她已经是脑结核晚期并患有静脉窦血栓,也出现颅压太高、头痛等并发症状。静脉窦血栓是很难治的病,目前最关键的是做引流手术,降低颅压。

"她每天都假装很坚强,都是为了给别人看,怕大家为她着急难过……"他再也说不下去了。

作为男朋友,她的一切唯有他懂。

她有一个长年患病的哥哥,在家里养病,虽然至今也没查出来是什么病,但隔三差五就要去医院治疗。家里5亩地,剩下就是父亲每月1200元的工资生活。她现在看病已花了整整17万元,而15万元都是借的。为了给她看病,能卖的都卖了,能借的都借了,同学和老师还给她捐了1万多块钱。她最初不敢跟家里要钱,就是想到家里的经济状况,现在花了家里的钱,连哥哥看病的钱都花了,她觉得对不起哥哥。

"我不想死,我想坚强地活着,我想工作了以后,给爸爸妈妈买衣服、买好吃的,挣钱给哥哥看病,还要做最美丽的新娘……"

听到这里,他再也忍不住了,开始泪流满面。

其实我们之前了解她想做新娘的心愿,西安蒙娜丽莎婚纱摄影的工作人员也送来一套婚纱,并承诺为他们免费拍摄最好的婚纱照,可他却拒绝了:"我希望等她好了以后,再和她拍摄婚纱照,我会等她好起来。这样才能给她一个盼头,让她坚持,让我多一些时间陪她。如果现在拍了,我怕……"

他是甘肃人,现在在银川工作,每个月只有 1400 元的工资。只要有时间,他宁愿花光了所有积蓄,也不放弃任何一次西安之行的机会。回想初次相识,他凝重的脸上终于露出了一丝笑容。

他们都在兰州石化职业技术学院上学,第一眼看到她,他有一种说不出来的感觉。一年后,两人成为恋人。他们的家都不在兰州,所以每次春节放假,对他们来说都是一种折磨。

他去年签了工作,7 月的时候,去火车站送她回家。她趴他的肩膀就哭了,说她害怕,怕彼此因为距离而没有未来。当时他并不觉得两个人会因为距离分开,一如既往每天给她打电话,可她从某天起不再接他的电话。他也开始怕了,并在忐忑与不安中,连夜赶往陕西。

"看着她躺在病床上,双手大幅度抖动,声音虚弱得让我感觉不到呼吸,我才知道什么叫心痛。她是个特别好的女孩,从来不想给父母增加负担,那时候情人节、圣诞节时,还会送给我礼物,都是她亲手做的风铃和刺绣的抱枕,我一直留着……"

看过很多小说,都以为那些剧情是虚构的,而当它发生在生活中时,我们才相信真爱就在身边。它所给我们的,不只是美丽和感动;更多的是提醒我们,珍惜生活、珍爱生命,多留一点时间给爱的人。

走出病房,天空飘起雪花,我微笑着裹紧外套,隐约听见身后传来:深情一眼挚爱万年,几度轮回恋恋不灭,把岁月铺成红毯,见证我们的极限;心疼一句珍藏万年,誓言就该比永远更远,要不是沧海桑田,真爱怎么会浮现?

陪伴是最长情的告白。每一对相知的恋人,都有属于自己的情关。坚持走,不放弃,愿天下有情人终成眷属,笑看春月秋风。

你是上天最好的馈赠

柏俊龙

世界上有一种最美丽的声音，那便是母亲的呼唤。

——但丁

1

她第一次去孤儿院看到宁小邪的照片时，就不可避免地喜欢上了宁小邪。她向院长再三恳求，希望能领养宁小邪。院长起初并不同意，耐心地带着她四处观望，与其他更为优秀的孩子交谈，但不论院里的领导如何劝说，她硬是固执地要宁小邪。

她说，宁小邪给了她从未有过的亲切。她是一个被丈夫抛弃的女人，没有孩子，没有工作，甚至没有房子。

当她主动要求见见宁小邪，并听听他的意见时，领导们为难了。她不知道，宁小邪是个多么孤僻捣蛋的孩子，他不但不和院里的同学们说话，还经常翻墙出去偷东西。

一个小时后，她在城南的派出所里见到了一脸倔强的宁小邪。他坐在黄色的木椅上，高傲地抱着双手，一动不动，那眼神里透出的不屑，终于使她明白，小邪是这

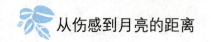

里的常客。

她始终没有放弃宁小邪的念头。她微笑着在他旁边坐下,刚伸手抚摸他的脑袋,就被他一掌拍开了。这个孤独而又不领他人情义的宁小邪,在顷刻间给了她一种同命相怜的安慰。

低头时,她看宁小邪蓝布短裤上的补丁,瞬间心疼不已。在这个车水马龙的城市里,还有多少孩子穿着打补丁的短裤?

她向警方出示了领养证明,并在保单上签了字。出门后,她温和地对宁小邪说:"孩子,你以后就和我一起生活吧,我会好好照顾你的!"

岂料,她这句质朴的话,竟把宁小邪吓得掉头就跑。她拖着臃肿的身体,一直拼命跟在宁小邪身后。最后,路旁的一位巡警把宁小邪拦下了。宁小邪抬头看看她汗湿且微笑的脸,忽然有了妥协的意念。

2

宁小邪从不叫她阿姨,更不会叫她妈妈。每次有所需求的时候,总是漫不经心地朝她喊一声喂。

"喂,明天要交学费。""喂,我的那条短裤上哪儿去了?""喂,你翻我的书包有没有经过我同意?"

宁小邪上学没多久,就开始厌学了。他说班里的同学都不喜欢他,说他是小偷。她慢慢地劝慰他,拉着他乌黑的小手,如慈母一般,苦口婆心地告诉他诸多的人生道理。宁小邪静静地看着她微白的发,粗糙的手,忽然有种想哭的冲动。从来没有那么一个人,像她这样,不厌其烦不离不弃地开导他。

清晨,宁小邪坐在她的三轮车上,心里溢满了欢喜。不知何时,她开始了这样的生活,每天骑着三轮车把宁小邪送到学校门口,而后又急急赶往农贸市场批一些新鲜的蔬菜水果,沿途叫卖。

她喜欢这样的生活,有事可做,有饭可吃,有人可等。

宁小邪喜欢吃糖醋排骨。他只在无意间说了一次,她就记住了。后来,不论刮风下雨,桌上总有一小碟鲜嫩的糖醋排骨。宁小邪从不问原由,更不会朝她的碗里夹一筷子,但她仍旧开心,因为每次宁小邪都会大快朵颐地将她亲手做的小菜吃得一干二净。

一个濛濛细雨的下午,宁小邪逃了体育课,打着花伞提早回家。半路上遇上了浑身湿透的她,站在雨中,和一位年纪相仿的中年妇女讨价还价。因为一毛钱,她和别人争执了很长时间。

宁小邪忽然想起她清早说过的话。"没事儿,这伞你拿着,我在市场里还有好几把,过去就能取。待会儿放学肯定也在下雨,别淋坏了,记得早点回家。"

宁小邪终于明白,家里其实只有一把伞。他换了另外一条路回家,绕很大的圈子。路上,他一直在盘算,一碟糖醋排骨究竟需要多少个一毛钱。

临睡的时候,宁小邪说:"喂,以后别做糖醋排骨了,换点青菜吧,我都吃腻了。"她笑笑:"行,你想吃什么,我都给你做。"

当她掖好被角转身出门后,宁小邪到底忍不住,嘤嘤地哭开了。她一个箭步飞奔过来,一把抱起床上的宁小邪,又是摸头又是抚胸,一遍又一遍地问:"孩子,是这里疼吗? 还是这里疼?"

宁小邪说不出话,躺在她温热的怀里,一直哭到沉沉睡去。

3

宁小邪从她的身份证上知道了她的生日即将来临,于是整天谋算着上哪儿弄一笔钱给她买点礼物。

宁小邪见隔壁的房子不错,看似很有钱,于是动了入室的念头。

当天，宁小邪没去上课，他悄悄爬上墙头，准备伺机而动。当他从枝叶里站起身子，预备爬树下去时，一个威武的男人从里屋跳了出来。他的一声威吓，让心虚的宁小邪从爬满青苔的墙头上摔了下来。

宁小邪被抓的时候，她正在烈日下蹬车叫卖。

可是，当她看到宁小邪，并得知他已经骨折时，一向温和明理的她，忽然面目狰狞，暴跳如雷。

她忘了，宁小邪是因为偷东西才变成这样的。

她顶着蓬乱发把宁小邪送进了医院。宁小邪一次次哭着问她："我是不是会变成瘸子？我是不是以后都不能走路了？"她一次又一次坚定地告诉他："不会的，只是轻微骨折，打了钢钉之后就会好起来的。"

为了凑够宁小邪所需的费用，她每天早出晚归，蹬几十公里的路，喊哑了嗓子，只为将那车满满的果蔬卖出去。

恢复期间的宁小邪脾气坏得不行，他经常说："与其这样没用地躺在床上，倒不如死了算了！"

她生怕宁小邪憋住毛病，背着她，去了附近的足球场。宁小邪看着那些一路狂奔的孩子，沮丧地说："带我来这里做什么？我又玩不了。"

她把宁小邪送到了守门员的位置，朝他做了一个胜利的手势。

"嘭！"宁小邪稳稳地抱住了飞来的足球。她在旁边又蹦又跳，欢呼不已。宁小邪终于笑了。他不知道，这些孩子之所以愿意和他玩耍，不过是因为事先收到了她送的一大提桃子。

回程的路上，宁小邪一路笑个不停。她又一次告诉他人生的道理："其实每一种人都有价值。不管他是瘸子、聋子，还是傻子，只要他不放弃，就有活着的价值。"

宁小邪伏在她宽阔的背后上，第一次向她许诺，以后再不偷盗。

4

宁小邪第一次因为成绩拿了奖状。他想为她做一顿饭，给她一个惊喜，但买菜需要钱，而他曾答应过她，以后再不偷盗。

经过深思熟虑，宁小邪最终还是决定，从母亲的衣柜里拿15块钱出来，买一点新鲜的排骨。他从未见她好好吃一顿肉。

宁小邪学着她的样子，把新鲜的排骨洗净，丢到滚烫的油锅炸一炸，而后又用事先准备好的糖醋调料泼上。虽然程序是对了，但毕竟掌握不好火候，结果，一大锅脆生生排骨硬是让宁小邪弄成了面目全非的焦炭。

宁小邪守着那盘焦炭等了许久许久。当她蹬着三轮车回来的时候，宁小邪早已趴在床上沉沉睡去。

她把今天赚到的钱尽数放尽衣柜里，而后好好细算一遍，看到底还需要存多少钱才够宁小邪以后念大学。

15块人民币不翼而飞，让她心痛不已，她断定这就是宁小邪的旧病复发，倘若家里遭了贼的话，绝对不可能只拿走那么点钱。

那是她第一次打宁小邪。细长的皮条在宁小邪的身上抽出了一条又一条的"火线"。她一面狠狠地打，一面哽咽着说："你说！你答应过我什么?！你说！你到底答应过我什么?！我供你念书，教你做人，看来，全是白费了！"

宁小邪在狭窄的卧室里哭得喊天抢地："你听我说，你听我说，我不是偷钱，我真的不是偷钱……"

后来，宁小邪的一句话，使她再也用不出半点气力。宁小邪捂着通红的双手说："妈，今天是你生日！"

她忍住热泪，悄悄地走出房间，终于看清了木桌上的糖醋排骨。宁小邪瑟缩着，跟在她的身后，喃喃地说："妈，我没有偷钱，我真的没有偷钱，我只是想在你生日的时候给你做一盘糖醋排骨，让你也好好吃一回肉……"

顷刻,在她内心积压的情感和生活的委屈,如同山洪一般喷薄而来。她紧紧地抱住宁小邪,禁不住大声号啕。

那盘面目全非的糖醋排骨是她生平吃过的最好吃的菜。从来没有一种菜,可以让她吃到泪眼婆娑。

期末考试如期而至。语文试卷的最后是一道命题作文,《我的母亲》。

她笑问宁小邪:"你都把我写成什么样子呢?"

宁小邪说:"妈妈,我写你是上天最好的馈赠。"

在无助寂寞的人生路上,亲情是最持久且有力的陪伴。不管是以何种方式聚合,都应当珍惜。

小小的爱

荒 沙

爱之花开放的地方,生命便能欣欣向荣。

——梵高

姐姐这些天比较郁闷,干了近 10 年的工厂倒闭了,她也失去了工作,这让她本就贫困的生活雪上加霜。姐姐一天都不敢闲着,到处找工作。昨天,一个朋友知道了她的情况,给她打电话,让姐姐去她的餐馆当服务员,工资一个月 2000 元。姐姐很高兴,虽然工作时间长,但和以前工资差不多。

第二天她早早就过去了,可回来时却有些失落,我问怎么了,姐姐说不想干,对我说:"她们那里有服务员,我去了,就要把那个小女孩开了,我心里过意不去,就找了个理由……没事,现在工作好找。"我听后觉得姐姐有些傻,自己的生活已经这样还想着别人。可到了晚上,我再想起这件事的时候,却心底忽然涌起一股暖流,被姐姐的那种无私所感动。对于姐姐来说,这个决定就是一份小小的爱,但想起来却是大大的暖。虽然那个服务员永远不会知道姐姐曾默默放弃了一个与她竞争的机会,但她却遇见了一次看不见的幸福。

那一年,我到省城打工。一天,我骑着三轮车拉着一车的铝材往厂里走,可在一个拐角处,由于铝材装得太多,我的视线受阻,车碰上了路边一辆轿车,当时我吓坏了,我曾多次看到贫弱的打工者,被有钱人谩骂、要求赔偿,受尽了屈辱。我把三轮车停在那里,吓得腿有些软,车上下来一个中年人,看了看我的三轮车与他的车接触的位置，有一条约 3 厘米的划痕，不明显。那一刻，我做好了一切准备：宝马车主下车与我发火，我赔钱，老板开除我……可不想，车主却笑着对我说："小伙子，你装的东西太多了，悠着干，别着急，赶紧走吧。"说完，他还帮着我扭转了一下车头，我急忙对他说对不起，又说谢谢，他笑着摇了摇头，直说没事。

骑上车子，我想快点逃离，我怕他后悔再找我。可当我看见这辆车从我身边开过，摁了一下喇叭摇下车窗再加速向前时，我的泪流了下来。或许对于他来说，这是一件小小的事，不用计较，可他的那种大度却深深地感染了我，那种暖暖的爱，已注进我的心里。

生活中，爱的双方是不等价的，有些人付出一些小小的爱，而被爱的人却会感受到大大的暖，让你一生铭记，无法忘怀。

小小的爱虽然不起眼，甚至是别人都无法体会这其中的真相，可是，如果每个人在面对选择的时候多替别人考虑，那我们就不会缺爱。就不会有人抱怨人情冷暖了。

他的心里只有春天

马朝兰

捧着一颗心来,不带半根草去。

——陶行知

1951 年,他和老伴从陕西的大山里流浪到兴平市流顺村,在一面破旧的土墙旁用秸秆搭起了一个简陋的家,从此,以拾荒为生。

1974 年农历正月二十九,他和老伴外出赶集,在一群围观的人潮中,他忽然瞥见了一名被遗弃街头的女婴。当时孩子哭得撕心裂肺,脐带上还残留着鲜血,由此可见,她是个可怜的孩子,刚出生就被母亲丢下了。

围观的人越来越多,却没有一人肯上前把婴孩抱走。他和老伴实在心疼孩子,想要把她抱走,但又不愿让如此可怜的孩子跟着他们吃苦受穷。于是,他和老伴便一直站在原地苦苦等待,希望能有一户条件稍好的人家把孩子抱走。

天色暗下去,集市上的人竟然走得一干二净。他和老伴不得不将孩子抱回家中悉心照料。为了纪念这次偶然的相会,他给孩子取名"会英"。

会英渐渐长大,可奇怪的是,她经常

弄不清简单的算式,说话也有些含糊。后来,他终于明白,会英有着轻微的智障。老伴知道了这一事实后,公然表态,无论如何,也要把会英养大成人,不管怎样,她都是一条命啊!

为了更好地抚养孩子,他和老伴起早贪黑,长年奔波在各个乡村的垃圾站里。可生活并没有因此好转。因为在这艰苦的旅途中,他们又先后遇见了不同情况的弃婴。她们有的残疾、有的智障,当然也有健康的。

他俩都是于心不忍,总是无法在观望后冷漠离去。这些可怜的弃婴,一个个都无可避免地与他俩相遇,并走进那个破落的家庭。

周围的邻居非常不解,在旁人看来,这对年过六旬的老人本就已经过得水深火热,为何还要一次次捡来生活的包袱?他们虽然知道这是善行,但仍旧不可理解。他们甚至断定,这些孩子在长大且清楚自己身世之后,一定会远走他乡,不再理会这两位拾荒的老人。

孩子越来越多,所需的饭量也就越来越大。但他俩觉得孩子们正是长身体的时候,不能光吃素菜和米饭。

就在生活担子越来越重,经济愈加窘迫的情况下,老伴忽然撒手人寰,离他而去。他悲伤得不能自已,但他心里清楚,他不能消沉下去,因为除了已经长大成人的会英之外,还有 9 个孩子的生活需要他。

他细细盘算过,正常情况下,自己劳苦一天能赚到 15 元。而每天要买 5 块钱的馍(20 个),3 块钱的挂面(1.5 斤),如果还有额外开销,偶尔生病买药的话,那所剩的钱就寥寥无几。

但这整整 36 年间,他就是用这样的省吃俭用的方式,为孩子们奢侈地买了 5937 袋奶粉。当我随记者找到他时,他正狼狈地拉着一辆木架车。身形消瘦,皮肤黝黑,白发苍苍,浑身裹满了汗水与灰尘。

如果不是他的三女儿丰英说:"看,那是我爸",我坚决不会相信,面前的他,就是在 36 年间寒暑不歇,以拾荒的方式抚养了 10 名弃婴的赵景华。

此刻,冷漠的邻居们已被他深深打动。所有人都知道在这么一个贫寒的村子里,有一个年过八旬的老人,用自己皲裂的双手抚养了 10 名弃婴。

虽然老大会英已经嫁到邻村,成为人母,但仍有 5 名婴孩尚未成年。年过八旬的他,仍要起早贪黑,仍要拾捡破烂,仍要当爹当妈,为孩子们的生活操心。

当他微笑着架起木车,踉跄着又要外出时,我心里忽然下起了滂沱大雨。人世间,是否已经没有一种苦难能让他的善良止步?造物主,是否已经拨除了寒暑冷秋和严冬,只在他的心里留下一片生机盎然的春天?

每一个生命成长的背后,都是他们辛酸无悔地付出,因为这大爱,才托起了十个鲜活的生命。向他们致敬!

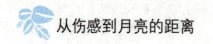

现在，该我跟着你了

王万龙

孩子是母亲的生命之锚。

——索福克勒斯

1

他辍学那年还未满 17 岁。没有办法，实在念不下去了，几乎每日都央求着她，不要再逼他去读那些甲骨文，做那些天文算术题。他说，自己根本不是读书的料。

她是他的母亲。起初，会愤恨地骂他是个不争气的小杂种。后来，再不骂了，大抵是绝望了，便由着他，爱怎样就怎样。

他没有父亲。很小的时候，父亲便跟着另外一个女人消失了。他不是不想读书，只是一想起念大学需要的那笔庞大费用，心里就会隐隐地疼。

他暗想，他该承担起一个男人的责任了。于是，跟着几位游手好闲的朋友，一道学开车。他三借两凑地弄了些钱来，考了驾照后，去一家公交公司应聘。因为之前他听人说，大巴司机的工资很高，而且每天有一包香烟。

收到被录用的消息后，他细细地算了算，要是这样的话，他每天买烟的钱就可以节省下来，不用三年，就可以给她在楼下开个小商店。那么，她从此就不用再出去帮别人打短工，受别人欺负。

上班的第一天，他睡眼惺忪地握着方向盘，直到一车人都惊叫时，才发现自己差点就碾到了人。他嘿嘿一笑，镇定地说，大家不要慌张，要相信我的技术。实际上，他的薄衫早已被冷汗浸湿了大片。

他第一时间想到了她。他无由地害怕，要是自己真轧死了人，没钱赔款而最终坐牢，她该怎么办？

这个矫情的想法片刻出现在他的大脑，又片刻隐匿无踪了。因为他相信，她不会怎么样，她一直都是极端自由的人。即便他真坐了牢，也顶多是哭上两天，随即把悲伤忘得一干二净，继续着漫长受气的短工生活。

<h1 style="text-align:center">2</h1>

他工作后，她经常会跟他要钱。她说，我没钱用了，你把这个月的工资打些到我卡上吧。他不语，给他打了一半过去。

半晌之后，她打来电话，凄厉的吼声相隔数米都能听到，她扯着嗓子骂，你个小杂种，我叫你打 400 块，你只给我打了 200 块，你以为老娘是乞丐吗？

他说，我没钱了。她一听这话，更来劲儿了，你是不是打算存够了钱，好跟你老子一样消失在茫茫人海？我就知道，你们男人全都靠不住！他生气了，也扯着嗓子喊上一句，我不是摇钱树！接着，啪地挂了电话。她习惯了他这种态度。之后也学聪明了，她要是想要 300 块钱的话，她就会说要 600 块，要是想要 400 块的话，她就会说要 800 块。因为她知道，他老是只会给自己一半。

有一次，她鼓足了勇气说，我这里有事，你给我打 1000 块过来吧！他冷笑着问，你有什么事？你这一个月已经是第三次给我要钱了，你真以为我会抢银行啊？

她生气了，又扯着嗓子喊道："我是你娘，你不该养我吗？"他说，该，但，以后你要是再给我要三位数，那我就只能在后面减去一个 0。

"你个小杂种，和你老子一样奸诈！"她在那边险些气晕。

他有时真不明白，她要那么多钱干什么。读书时，他天天给她要钱，不也一样在过吗？现在反倒好了，他给她钱，她的钱还不够用。

下班后，她说，回来吃饭吧，我做了你喜欢吃的糖醋排骨。

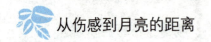

他破例没有加班,5 点准时交接,匆匆赶另一趟公交回家。

3

他把她做了糖醋排骨吃个精光，然后讪讪地说，"老板,手艺见长啊！"她满意地笑笑,叮嘱他,以后别在外面瞎吃了,回家来吃吧。

他突然有些感动,默然地点点头。刚想主动起身收碗,她便接了过去,高兴地道,说好了啊,每月 500 块伙食费！这月就从今天开始算,明天交钱。他坐在油烟弥散的厨房里,怔怔地看着她,不明白她心里除了金钱之外,还能装进些什么。

想想也划算,500 块钱一个月,比外面卫生便宜多了。再者,还有糖醋排骨。他兴高采烈地取了钱,交到她手里后,每日一盘的糖醋排骨瞬时变成了每周一碟。他无奈地问,老板,你就这样对待老顾客？

她一手抹着桌子,一手指着他道,小杂种,我是怕你吃太多得糖尿病！这叫健康饮食,你个乡巴佬到底懂不懂？

当他第一次将女友领回家的时候,老女人原本红润的面色顷刻惨白。他在厨房里悄悄地问,你是不是怕我有了女友之后就不要你了？她像个孩子一般点点头。

他抽着鼻子笑笑,拍拍她的肩膀说,不会的,你才是我一生中最重要的女人呢！说完,他转身出去了,因为有两颗滚烫的泪珠即将滑落面颊。

那顿饭做得极为丰盛。不过,当晚,他便和女友分手了。他说,在她没有找到依靠之前,他得把所有精力都花在赚钱和照顾她上面。

当然,这事儿她并不知道。

回来后,她问,小子,你们开始多长时间了？他说,分了。她诧异而又内疚地问,怎么了？是不是我做得不好,还是怎么了？早知道就别把人家带屋里来啊,牵到外面饭馆吃一餐,也花不了几个钱。你也不事先通知我,否则,我也可以换身衣服,买些更好的菜回来……

不是,她嫌咱们家穷呢!他打断了她的唠叨。

她不语,大半天后,才神情激动地说,别气馁,不就失恋吗?谁没有过啊?就凭我儿子的条件,找个大明星都行!儿子,多挣钱,以后给妈娶个大明星回来!

看着她日益明显的白发,他双眼有些发酸。懒散地说,我累了,睡一觉就没事了。他不想再听下去,怕自己真会大哭起来。他也不想让她知道他们分手的真正原因。

4

两个月后,他跟她说,我想去广州闯一闯。她黯然地问,什么时候走?他说,明天。接着,沉默席卷了那个狭窄的房间。

他说,我很早之前就有这个打算了,就是有些放心不下你。她大笑,我几岁了?你还是从我怀里蹦大的呢,有什么放心不下?你走了,多好,我落得清净,一个人住那么大间房子,宽敞,爱干什么就干什么!

他知道她是在安慰她。她一直都怕一个人在家。临行前,他去花鸟市场买了两只大狗,叫老女人帮他看养着,伙食费他会照付。

实际上他只是想让它们来保护她的安全,打发她的无聊时光罢了。

他在广州依旧当司机。不过,待遇比在小镇里好得多。稍微节俭一点儿,还是能赚到很多钱。

或许是他加班太多的缘故,清早在熙熙攘攘的马路上,他被一辆出租车给撞上了。人是没伤,不过,把那辆车给弄得惨不忍睹。

出租车司机要求索赔 5 万块钱,要不,就将他告上法庭。他说,你告吧,反正我没钱！其实，在他的银行账户上，这些年已存了近 8 万块，只是他不想还罢了。那些钱，是要用来给她开商店的。

他像当初选择司机这条路一样，细细地盘算，翻了很多资料。5 万块钱，他顶多坐两年牢就能出来，而要是赔了的话，没个三五年确是很难再挣回来的。

她不知从哪儿得来消息，买了站票，连夜坐车，马不停蹄地赶到广州找他。

开庭前，她将所有积蓄一并取出，哀求原告私了。他惊异地问，这些钱你从哪儿来的？她含泪说，不都是你这些年给我的吗？放心吧，干净钱！本来打算再存一年就用来给你买辆二手车的。我也知道，在外面干活就是端别人的碗，既然端了人家的碗，哪能不受人家的气？谁知，却出了这么一档事儿。

法院门外，他第一次抱着泛满黑眼圈的她，不由自主地哭了起来。原来，形如陌路的他们，一直保留着对彼此最深的疼爱。

5

她说，咱回去吧，继续以前的生活，你开车，我打工，等存够了钱就给你找个大明星媳妇。

他说，妈，你先回去，我结婚还早着呢。再说，你都没找，我结婚了，你怎么办？站在凉风呼啸的地铁站口，她哽咽了，小杂种，你还知道我是你妈的话，就跟我一块儿回去，妈到哪儿，你就老老实实跟着到哪儿。

他回去后，背着老女人取了钱，在楼下开了个小商店。她问，这些钱你从哪儿来的？他说，干净钱，向朋友借的。实际上她知道，虽然每日来叫他吃喝的朋友颇多，但真肯借给他那么多钱的朋友，却没一个。

他拿着钱宁愿坐牢也不肯赔，就是为了给她开个小商店，结束打工的受气日子。

隔着木门，她在弯腰搬箱的时候忽然泪落如雨。屋内，他气喘吁吁地说，等商店好了,我打算再出去闯一闯,这样钱来得快些。

她清了清嗓子回他,行啊,你把我捎上就行。他笑,你跟着去干什么啊?看着商店就是了。

她说,小时候,你老爱跟着我,你老子带你走你都不走。现在,该我跟着你了。

后来,他留了下来,在小镇里过着波澜不惊的生活。他时刻告诉自己,不能走得太快太远,因为她真的老了,已跟不上他年轻的脚步。

每个孩子都是母亲身上掉下来的肉,无论她变成你熟悉还是陌生的样子,正常还是反常,她都是爱着孩子的,这是天性!

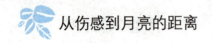

母爱如伞

雷碧玉

母爱是多么强烈、自私、狂热地占据我们整个心灵感情。

——邓肯

早起，拉开窗帘，窗外迎来了第一场春雨的问候。

望着走在雨中的女儿，身子严严实实地裹在伞下。我暗自庆幸，新买的大伞派上用场了。那天我上街购物，正好碰上百货商店在搞雨伞促销活动。五颜六色的雨伞让人眼花缭乱，我也忍不住上前瞧个究竟。眼前这把超大号的雨伞，比普通伞多了两个伞骨，伞面也比普通雨伞大得多。撑上它，即便是下着大雨，也不至于全身被淋湿。想着平日大雨天，女儿背着沉重的书包，撑着普通型号的雨伞，总是无法瞻前顾后，每次都淋得像只小落汤鸡，我毫不犹豫地买下了这把超大号的雨伞。今天看着女儿安然无忧地行走在雨中，我心里特别有成就感。

中午下班进家门，我意外地看见母亲正在客厅等我。"妈，这么大的雨，你来干吗？万一被淋感冒了怎么办？"我一脸的不悦。"我看雨下得这么大，听顾客说街上有卖超大号雨伞，赶紧去给你买了一把。"母亲将手中的伞递给我，"你的身体弱，淋雨最容易感冒发烧了。"听了母亲的话，一丝愧疚涌上心头。我只想着让女儿躲避风雨的侵袭，却不曾想到自己年迈的母亲也有在风雨中行走的时候。"妈，我有雨伞，你留着用。"我满心的懊悔。"下大雨，我躲在店里，根本就不需要伞。你要上班，不一样。"说完，母亲全然不顾我的挽留，说是要照顾店里的生意，坚持要回家。

下着大雨的路上，行人稀少，呼呼的风吹得树直摇晃。年迈的母亲撑着雨伞,蹒跚着一步步朝前走。走走,停停,再走走,再停停。望着在风雨中母亲渐渐远去的背影,我的眼泪夺眶而出。那一刻,我才体会到龙应台《目送》里的那句话:"所谓父女母子一场,只不过意味着你和他的缘分就是今生今世不断地在目送他的背影中渐行渐远。你站在小路的这一端,看着他逐渐消失在小路转弯的地方,而且,他用背影默默告诉你:不必追。"

母爱如伞。即使我已是一个孩子的母亲,即使岁月已在我脸上刻下了皱纹,但在年迈的母亲眼里,我依旧是她长不大的孩子。我知道无论我走得多远,头上都有一把爱的大伞在为我遮风挡雨。

慈母手中线,游子身上衣。母亲的爱,总是无处不在。不厌其烦地唠叨、洗衣做饭、缝缝补补……正是那个瘦弱的小女人,才使家里时时刻刻都充满温暖与爱。

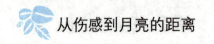

接娘到"天堂"来享福

纳兰泽芸

慈母爱子,非为报也。十月胎恩重,三生报答轻。

——刘安

"咱老百姓啊今儿真高兴,咱老百姓啊今儿真高兴……"拿到新房钥匙的蔡朝阳,激动得手微微颤抖,他情不自禁反反复复地哼着这两句歌词。

他颤抖着拨通一个熟悉得不能再熟悉的电话号码。当电话那头响起那个熟悉得不能再熟悉的"喂"声时,他大声喊道:"娘,俺拿到新房钥匙啦! 娘,俺在上海有家啦! 娘,明年俺就把你跟俺爹接到上海来享福! "

10年了。蔡朝阳来上海已经10年了!10年之中,他没有哪一天像今天这样欢欣鼓舞过。

因为今天,他终于圆梦了。他曾经的梦是在上海安个属于自己的家,然后把娘接过来享福!

他为这个梦,整整奋斗了10年。

家里的这个电话,是10年前他临到上海工作前给娘安的。这个熟悉的号码,他已经整整拨了10年,漫长的10年里,没有哪一次拨这个号码像今天这样的欢呼雀跃。

从10年前一脚踏入上海这个大都市,他经历了太多的彷徨、痛苦与失落,还有的就是对母亲的愧疚与亏欠。

10 年里,他身边不乏顶不住生存压力而无奈离开的寻梦者。他不是没有动摇过,但最终还是选择了坚守。

在他的心里,那个梦一直在生活的彼岸,若隐若现。

他奋力泅渡,奋力寻梦,终于在 10 年后抓住了那把闪耀着光芒的梦想之钥。

他还清晰地记得 6 年前他看到一则小小的算术题而泪湿眼眶。那则算术题是这样的:

"妈妈 20 岁生下我,以前的 20 年,妈妈每天都能看到我。

现在我 20 岁了,已经半年没有回家看妈妈。

而妈妈 40 岁了。妈妈如果可以活 100 岁的话,那么,妈妈还可以再活 60 年。如果我再这样半年回家看她一次。$60 \times 2 = ?$

我这一生,妈妈这一世,就只有 120 次机会见面了。"

蔡朝阳将这道小小的算术题看了一遍又一遍,他不可抑制心里的酸楚,很少流泪的他,终于泪湿眼眶:"20 岁? 半年? 40 岁? 100 岁? 这算什么! 我的妈妈 28 岁生下我,如今 60 多岁了,妈妈身体总不好,能活到 100 岁吗? "

那时候的蔡朝阳,已经有两年没回老家过年了。不是他不想回老家过年,而是一到年关的时候,他心里就发堵。自己的状况着实不如人意,有点"无颜见江东父老"之感。

这个两室一厅的房子,是他与同事炎一起合租的,房租 3600 元一月,他与炎一人一半。房东刚来收走三个月房租,5400 元,属于他交的那一半。房东走后,他就躺在床上望着天花板上那盏吸顶灯出神。

已经快 30 岁的人了，至今似乎还一无所有。大学毕业快 4 年了，说起来也还算个外企白领，每天西装笔挺地出入写字楼，在上司面前精神饱满地工作着，在客户面前绅士洒脱地微笑着，只有当加班深夜回到出租屋卸下厚厚的伪装之时，才显出自己心灵的脆弱与虚无。

他竭力想每个月多存几个钱，可是他也不知为何，自己收入也不能算低了，就是存不住多少钱。房租该交吧？水电费要付吧？饭要吃吧？交通费要吧？电话费要吧？衣服要添置吧？基本人情、基本交际免不了吧？等等，月初还显得鼓鼓的荷包，还不到下次发薪就差不多告急了，那钞票似乎长了腿似的自己会开溜。

蔡朝阳没法，干脆一发薪，先不管三七二十一存两千起来再说。然而他拿着薄薄的两千元，再环视公司四周耸立的高楼时，立刻有种要窒息的感觉，这两千块，怕连一个老鼠洞大的地方也买不到吧。

蔡朝阳还清晰地记得，那时候他常常想打电话回家，又怕打电话回家。父亲已经快 70 岁了，母亲也 60 多了，两个姐姐嫁到邻村去了，不算远，但都勉强应付着自己的那份日子，没有多少余力照顾父母。

身子已经佝偻的父母还种着田地，每次想到苍颜白发的父母顶着烈日在田地间劳作，蔡朝阳都感觉腔子里一股酸酸的热流冲上来，他拼命压着才将它逼回去。

母亲就揪心着儿子的终身大事。说实话，蔡朝阳长得也还算挺拔，工作看上去也还体面，然而他的"无保户"（没有保障）身份让他几次刚萌芽的恋情都无疾而终。他终于灰心了，遇到自己心仪的姑娘也退避三舍。

有一阵他特爱听崔健,"我曾经问个不休,你何时跟我走?可你却总是笑我,一无所有。我要给你我的追求,还有我的自由,可你却总是笑我,一无所有……"听着那沧桑而嘶哑歌声,他觉得崔健这哥们儿特率真,他以前也这样追问过,现在,他不问了。他知道他这样的"无保户"无权谈爱情。其实,他觉得哪怕一辈子都是"11 月 11 日"光棍节又何妨。只是辛劳一辈子的双亲那眼神,他无法面对……

他还记得有一年春节前,公司特别忙,春节根本回不了家。蔡朝阳就想过把父母接过来住几天,但又否定了。假期行路难,父母年纪大了又没什么文化,大老远的老人心里没底;就算来了,自己说不定啥时就要加班,老人没人陪着,孤零零的一片陌生,再说看到儿子租着个房子孑然一身的境况恐怕二老心里不是滋味;还有过节什么都涨价,这一来一回花的钱估计父母得心疼好一阵子。

有时工作不顺心的时候,蔡朝阳想过"逃离"。有几句话怎么说来着:外地人在"北上广深"漂着,基本有四类人:好体力加好脑力,好体力加差脑力,坏体力加好脑力,坏体力加坏脑力。第一类可能混出个人样来,第二类是民工,第三类、第四类基本可以考虑自行放弃。

可蔡朝阳又不甘心,他觉得他属于第一类。他就不信,从小学到大学一直拔尖儿的自己,混不出个人样儿来?再说"逃离",逃到哪儿去?老家镇上吗?你去镇上有限的几家机关单位瞧瞧,里面混着的,哪个背后没有这样那样点儿的"背景"。他这样一个抠土老汉的儿子也想去混?连窗户缝儿都没有!再说他学的专业,那里也没有用武之地啊。

现在虽然艰难点,但他对这座城市的用人制度还是满意的,他所在的这家外企,虽然免不了也有人与人之间的倾轧,但总体还是较公平公正的。在这里,不会出现开着拖拉机撵兔子,有本事使不上这现象发生。

蔡朝阳有一次为公司去谈一笔业务,对方公司的董事长姓罗,曾经也是个穷孩子,父母都大字不识,可是人家现在在上海已经资产上亿,住别墅开豪车。罗董鼓励蔡朝阳说："好好干，只要你有真本事，真的肯干，咱们抠土老汉的儿子在上海也照样能圆自己的梦！"

蔡朝阳牢牢记住了这句话。

接下来的几年，他再也没有消沉过，再也没有叹息过，常常在上下班路上看到林立的住宅楼，他暗暗捏紧了拳头："总有一天我会在上海拥有属于我自己的房子，我会真正成为这个城市的一分子，我要把爹娘接来享福！努力！"

果然应了"越努力，越幸运"这句话，因为蔡朝阳在公司的出色表现，他的职位与年薪也是节节攀升。

加之他比较俭省，四年多下来，银行卡上竟然存下了近百万元存款！

他用这些钱付了首付，就在公司附近的一个楼盘买了一套总价300多万元的房子。他对自己、对未来充满了信心。

他想，等忙过这阵子，就张罗着装修装修，明年就可以把爹娘接来，让他们好好地在上海玩玩，他们可是一辈子去过最远的地也没超过镇子呢。他能想象到那时候，爹娘满是皱纹的脸上肯定会绽出一朵花儿来。

想到这里，蔡朝阳不禁嘿嘿地笑了。

蔡朝阳常会想起一首小诗："如果你爱一个人，就送他到北上广，因为北上广是天堂。如果你恨一个人，也送他到北上广，因为北上广是地狱。"

他想，如果像有些到北上广寻梦的年轻人，在经历了各种挫折与磨难之后，不是奋发起来，越挫越勇，而是不停地抱怨这个，抱怨那个，最后黯然"逃离"。这样，北上广对于他们来说就是"地狱"吧。

然而，追梦的旅程，哪有那样简单呢！如果他们痛定思痛，从痛苦中奋发，就会如浴火凤凰一样涅槃重生,追寻到自己绚丽的人生之梦！那么这样的北上广,对他们就是"天堂"吧。

天堂与地狱之间,隔着那道忘川河,蔡朝阳坚信,他在这座繁华都市的每一次努力和打拼,都是他用力从地狱向天堂的方向一寸寸泅渡。

蔡朝阳再一次握紧自己手心的那把新房钥匙。

他在心里默默说,娘,明年,儿子就把你接到"天堂"来享福!

为了自己爱着的人去努力奋斗,生活因此有了更为深刻的意义。

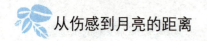

母亲的梦

君 燕

从母亲那里，我得到的是幸福和讲故事的快乐。

——歌德

那天早上，我总是感觉隐隐地不安。去上课的路上，回想着昨夜的梦，突然担心起了母亲。大概有一个多月没回去看母亲了，学业是忙，但也并不是一点时间都没有，上个周日不是还和同学们去郊游了吗？还有上上个周末，自己还和室友开了个小 party。也许是潜意识里的懒惰在作怪吧。

整整一个上午，我都心神不宁，心里一直惦念着母亲。母亲是个苦命的女人，父亲走得早，母亲独自一人艰难地拉扯我和姐姐长大。姐姐早已成了家，自己也如羽翼丰满的小鸟般脱离了母亲的怀抱，以前还会每周回一次家，现在一两个月回一次成了常态。

中午上完课，我去学校的食堂吃饭，快要走到食堂的时候，我突然决定回乡下看母亲。离下午上课还有两个小时，坐车来回需要一个半小时，这样算来，还有半个小时可以陪母亲，也许还来得及吃一碗母亲做的手擀面。想起母亲做的手擀面，我不由得加快了脚步。

熟悉的院子里，月季、菊花还有

一些叫不出名字的花花草草在墙角静静地绽放，鸡、鸭安生地在圈里休息，就连平时最爱聒噪的大黄狗也安静地趴在屋檐下睡觉。推开虚掩的房门，桌子上放着一只还没来得及洗的饭碗，旁边还有吃剩的半个馒头。母亲总是喜欢将就，胡乱吃点东西就把午饭解决了，我无奈地摇了摇头。透过半掀的布门帘，母亲那双粘满了泥土的布鞋整齐地摆放在床边。

我轻轻走进去，母亲面朝里躺在床上，她一定是累极了，熟睡中正发出轻微的鼾声。我在床边的椅子上坐下来，静静地注视着母亲，母亲此刻蜷缩着身体，看起来是那么瘦小，身上穿的那件衣服还是前年姐姐买给她的，刚开始母亲总舍不得穿，后来，姐姐又给母亲买了好几件，说如果她不肯穿，就一直给她买，母亲这才欢喜地穿上了新衣。睡梦中，母亲翻了个身，母亲额前灰白的头发上粘着一小片稻草。唉，母亲一定又下田干活去了，尽管姐姐说过多次，不让她再下田，母亲却总舍不得丢下那片土地，她笑着说，自己家种的蔬菜和粮食吃着多放心呀。其实，母亲才能吃多少，还不是每次都用慈祥的眼神看着我和姐姐吃。

不知不觉，已经过了 20 分钟，我蹑手蹑脚地走到客厅的沙发上坐下，静静地享受与母亲相伴的时刻。此刻，我觉得自己和母亲离得是那么近，甚至能听到母亲沉稳的呼吸和心跳，这应该是从我到城里上学后，和母亲单独相处的最长的时间。记得小时候，母亲常常无意地提起我睡觉时的各种小动作，那时我还纳闷儿，母亲怎么知道得那么清楚呢？其实我早该想到，在自己熟睡的时候，母亲也许用温柔的目光抚摸过我无数次。

我站起身，掀起门帘，看到母亲仍在安睡，忽地，母亲的嘴角微微上扬，似乎在做一个甜蜜的梦。我笑了笑，轻轻退了出来。坐在车上，我仿佛觉得母亲那半个小时的安稳梦境，嫁接到了我的灵魂里，没有了学习上的苦恼和困惑，没有了同学间的猜忌和矛盾，一切都变得那么恬然安静。在浑身轻松的同时，我又觉得很幸福、很满足，这半个小时的时光让我无比深切地感受到了亲情的温暖，也让我更深刻地体会到了最博大最深沉的母爱。

赶到学校时，我接到了母亲打来的电话，"我中午睡觉的时候梦到你了，好像感觉你就在妈身边呢。""妈，我想你了，这个周末回去看您。"我带着微笑说完，却不自觉地湿了眼眶。

母亲的爱，总是无处不在。常回家看看那可爱的人吧。

刘德华湿身见粉丝

彭根成

爱人者，人恒爱之；敬人者，人恒敬之。

——《孟子·离娄下》

2014年12月的一天，由刘德华参演的一部新片在香港大澳开机。54岁的刘德华要亲自出演一段跳海逃生的戏。当天，该地气温低到11℃，而这段戏要求演员要在冰冷的海水中浸泡30分钟，就是一个年轻的壮汉也很难承受得了。导演建议用替身演员，可刘德华却说什么都不同意。

"观众是要看我的戏，如果这段用替身出演，效果不能保证不说，并且如果观众知道了，难免会失望，所以，这段戏我必须亲自出演。再说了，用替身出演，不能保证一次成功，还说不定要拍几次，这么冷的天气让谁做替身都承受不了。"导演实在拗不过，就安排工作人员在岸边多准备热水，等刘德华上岸后马上用热水取暖，取暖后再到更衣室换衣服。可是，就在拍摄的时候，有很多刘德华的粉丝赶到现场，非要一睹偶像的风采，还要合影留念。

刘德华刚从冰冷的海水里出来，还没等工作人员往他身上泼热水升温，就被一群粉丝围住了。工作人员急忙上去阻拦，刘德华摆手制止了他们："这些粉丝也不容易，大老远从大陆赶来，为的就是能看我一眼或跟我合个影，如果连这一点小小的要求我都不能满足他们，该多伤他们的心啊！"

刘德华冒着严寒，边和粉丝拍照留念，边让剧组工作人员给自己浇热水升温取暖，就是这样，刘德华还是被冻得直打哆嗦。当日，一位同时拍戏的演员问刘德华："当时那么冷,你完全可以不见他们,或换完衣服再和他们相见,为什么冒着会感冒的风险硬撑着啊?"

"这些粉丝就是我的客人,客人从很远的地方来看望你,你怎么好意思让客人久等呢?"刘德华总是时时刻刻为别人着想,感动了身边所有人。

一个人之所以可以到达某种高度,肯定是有某种优秀的品质所支撑的。比如真诚的态度,和多为别人考虑的善心。

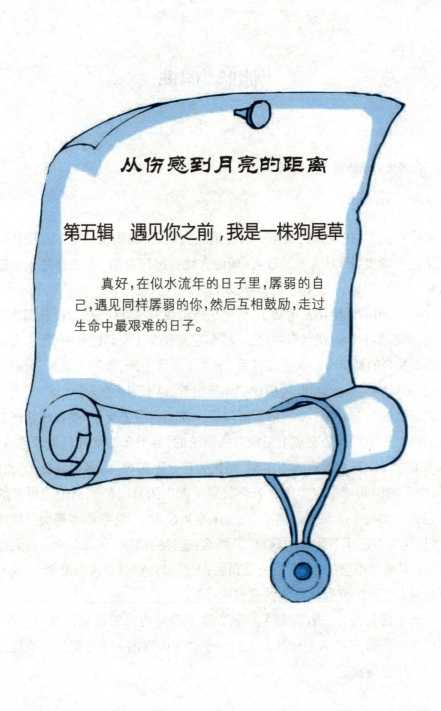

从伤感到月亮的距离

第五辑　遇见你之前，我是一株狗尾草

真好，在似水流年的日子里，孱弱的自己，遇见同样孱弱的你，然后互相鼓励，走过生命中最艰难的日子。

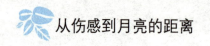

"体验"瑞典

徐 伟

民主使每个人成为自己的主宰。

——詹·拉·洛威尔

休年假了,在瑞典的弟弟一家邀请我去玩玩,我愉快前往。并很快喜欢上了这个国度,因为她平易近人,即使去政府部门办事,也能处处让人感到温暖。

一天,弟弟说他还完房贷了,请他岳母陪我去房管局做抵消。我们步行去车站,差不多十米远就到车站时,一辆车迎面驶来。快到近前时,我发现正是我们要乘坐的那班车。我连忙挥手,车子缓缓停下来,我们上了车,我向司机道谢,然后要买票。谁知,司机让找座位坐下,说不用买票。

怎么回事呢?我不解。弟弟岳母说:"在瑞典乘公交车,要在车站的自动售票机上买票。而公交车上是没有售票机的,后上车的乘客只是顺路捎带,不用买票。""车上的客人不多啊,司机为什么不等等客,多赚些钱?"我问。"每个人的时间都是宝贵的,公交公司不能因为自己的利益浪费乘客的时间。所以,即使车上只有一名乘客,也要准点出发,不耽误乘客哪怕一秒钟的时间。这是对已买票乘客的尊重。""那么,这样的捎带,会不会使一些人滋生逃票心理?""不会的,逃票是要重罚的;人们很自觉遵守乘车准则。"我不禁为充满人情味的变通和严格的规定叫好。

到了房管局,一进门,便见一张方桌上醒目的温馨提示:"请自己取号,等待叫号办理。"弟弟岳母从桌上的一个盒子内取出一个号码纸递给我,我们坐到大厅里等候。

很快到我们了,弟弟岳母示意我去办事。我来到服务窗口,一位四十几岁的先生微笑着,彬彬有礼地问:"您好!有什么让我效劳的?"我连忙说明情况,交出资料。"请稍等。"那位先生说。不一会儿,他递给我两张表格让我填。我接过表格,他请我坐下,并指了指面前的电钮,按了下去。忽然,桌面的高度降了下来,恰好与坐着的我齐胸,正是方便写字的高度。这小小的细节使我心下一暖!

可表格上的术语让我如坠云端,什么"抵押权利人""抵押人""房地产权证""土地他项权证"等等,看得我头都大了。正当我不知所措之际,那位先生问:"有什么不明白的吗?"我尴尬地说:"怕填错。"他笑着说:"不要急,很容易的。"接着,他耐心地逐一空格指点我怎么填。两张表填好后,他又告诉我去几号窗口继续办理。在后面的三个窗口,迎接我的都是笑容可掬、热情周到的办事员。就这样,在我印象里程序繁杂的房产证赎回手续,在这里不到半个小时就办好了。回到家,我感慨万千地对弟弟说,国内提倡的微笑服务,我在万里之遥的异乡切切实实体验到了。弟弟说:"瑞典是高税收国家,个人所得税在所缴纳的各种税收中比例高达三成多。这就意味着,公务员是在花纳税人的钱,那么,为纳税人提供称心的服务,是理所当然的。"

几天后,因为淋了雨,我去看医生。那次,弟弟告诉我就诊的一般程序,帮我预约了医生。到医院挂了号后,我在候诊区等待叫号。也就五分钟的工夫,一位医生走上前,问了我的名字后,热情地握着我的手,说她就是我预约的医生,来迎接我去诊室。这让我大吃一惊,同时感到心里暖暖的。

到了诊室,医生耐心细致地询问我的身体状况及感冒原因。了解了一阵子,医生说没什么大事,吃点药就能好。"这么简单?"我暗想。想起在国内,即使比我症状轻的,只要进了医院,就要做多项检查,还要打四五天的吊针。"打几天吊针会好些吧?"我不大放心地问。"那等于慢性自杀!我不能对您的身体不负责任。"笑容和蔼的医生忽然严肃起来说,弄得我很尴尬。医生见状,抱歉地笑着拍了拍我的手,请我放心。还就饮食等注意事项,做了详细说明。之后,送我出诊室。

　　回到家，和弟弟说起在瑞典的就医体验："整个诊疗过程给我的感觉就像老朋友的亲切关怀，令人如沐春风。不过，这里的医生很傻——很少做检查不说，还不给患者打吊针，哪里能赚钱？"弟弟笑了笑，认真地说："把患者当傻子的医生，才是真正的傻子。因为在瑞典，医生倘若敷衍患者，或者对患者滥用药物，将会被吊销行医执照，终生不得行医。也就是说，百姓的强有力后盾是政府，公务员必须全心全意为其服务。

　　一个国家如果把个体的舒适度、利益等放在第一位的话，那它一定是很进步很人性的社会集体。

为国家留点生机

段奇清

致天下之治者在人才，成天下之才者在教化。

——胡瑗

1947年9月初，沈从文收到一封信，写信人在信中说了自己的处境，并请求沈从文预先支付一些稿费。写信人叫柯原，早在这年的夏天，他陆续给沈从文寄去了一些诗歌作品。此时，沈从文从抗战期居留的昆明回到了北平，在复校的北大继续任教，并受邀担任了天津的《益世报》文学周刊的主编和北平的《平明日报》等报纸文学副刊的编辑。

柯原投稿时署的是笔名路苇，诗作反抗黑暗、渴望光明、追求未来，充满激情，沈从文很是喜欢。7月19日，沈从文在《益世报》文学周刊上发表了路苇的《飞吧，我的心》等两首诗作，这一下点燃了路苇的创作热情。

编辑和作者之间是有缘分的，自打刊发柯原的作品后，沈从文是来稿必回，能发表的告诉其优点、特色所在；凡是满意的，沈从文还争取发在他任编辑的《平明日报》等副刊上。不刊用的也会一一退回，并在每篇稿件附上具体意见。这让柯原成了写得既多见报率又高的作家，仅在《益世报》上每月都会有他的诗作刊出。无论是收到了发表作品的样报，还是退稿信，柯原的心中都会是暖暖的，他也就把沈从文当作值得信赖可亲可敬的人。

柯原这时只有16岁，是天津河北高等工业学校的一名学生。虽说学习的是化工专业，却尤其喜欢文学。就在文学创作之路顺畅的时候，家庭却遭到变故：父亲因年纪较大被工厂裁减而失业。这时他们6口之家就只有柯原的姐姐在一所小学当教员，微薄的薪水根本不足以撑起这个家。也许是出于对生活的焦虑，他的父亲失业没多久就得了急性肺炎去世。因当时物价飞涨，治疗费用昂贵，他们家欠下一笔债务。日子艰难时就会想到最信赖的人，于是柯原写信向沈从文求助。

接到柯原的信后，沈从文很忧心，因为他知道，以当时柯原的知名度和文章，是很难获得报社预支稿酬的。无奈当时他们一类的知识分子日子也很艰难，即使沈从文同时做了几份工作，也没能有余钱去帮助柯原。

其实，虽说沈从文对柯原多有文字交往，可他与柯原没曾谋过面，不帮助也是情理之中，本来力所不及是可以写信让柯原原谅的，对方虽说失望也不会对他说些什么。可沈从文对柯原的遭遇寝食难安，最后，他想到用手中的笔来给予柯原一些真正的帮助。

"有个未谋面的青年作家，家中因丧事情形困难。我想做个'乞醯'之举，凡乐意从友谊上给这个有希望的青年作家解除一点困难，又有余力作这件事的，我可以为这作家卖20张条幅字，作为对于这种善意的答谢。这种字暂定最少为10万元一张，我的办法是凡要我字的，可以来信告我，我寄字时再告诉他如何直接寄款给那个穷作家。这个社会太不合理了，让我们各尽所能，打破惯例作点小事，尽尽人的义务，为国家留点生机吧……"于是，1947年9月20日他在《益世报》文学周刊上发了这样一则启事。

人们被沈从文"为国家留点生机"的情怀所感动，所激励，柯原家中陆续收到20多份"买字者"寄来的款项，不过这些人并非大款阔佬，多是一些善良的普通人。有的人还写信表达问候之情。

其实，在沈从文作出卖字的决定时，也是在思想上经过一场交锋的。沈从文是有强烈的中国文人知识分子的傲气的，以前他的日子即使再窘迫，也没曾卖过字，在他看来，文人卖字就卖掉了自尊心。但为了帮助一个身处困境的青年，他也就顾不得许多了。

但沈从文在启事中，并没有公布这位"未谋面"青年作家的姓名，只是要求买字的人写信给他，在按对方所说的规格、内容写好字寄去时，才告诉"未谋面"青年的地址，让买字人将钱寄去，他这样做为的是给柯原留有一份尊严。

因种种原因，这"未谋面"一过就是 30 多年，直到 1980 年夏天，柯原才去北京看望了一直渴望见面的恩人沈从文。此时，一位是在中国现代文学中卓有建树的文坛老前辈，一位是才气横溢的当代诗人。这第一次见面，第一次握手，情形感人至深！

为给国家"留点生机"，不惜以牺牲自己的尊严帮助一个"未谋面"的青年，却又千方百计维护这位青年的尊严，沈从文善良的心性和崇高的风范尽显无遗。

现代好多人都有恶习，自以为是、倚老卖老。如果我们每个人，尤其是地位相对高的人，肯于把机会留给年轻人的话，那将是民族的荣幸了！

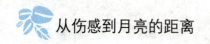

你笑的样子很美

阿 杜

真正值钱的是不花一文钱的微笑。

——查尔斯·史考勃

　　我是从镇中学考进市第一高中的。刚入学时,自我感觉良好的穿衣打扮在走进教室时就遭到了班上同学无情的嘲笑,我还听到有同学小声嘀咕:"村姑来了。"我羞红着脸,恨不得马上挖个地洞钻进去,永远也不出来。从那以后心里也就深深地恨上了这个班上的同学。

　　林爱珍比我迟来,她进教室时,大家更是哄堂大笑。她的窘迫我看得很清楚。但她依旧红着脸深深地向大家鞠了一躬才坐到我旁边的空位上。

　　据我观察,在这个班上,就我们两个女生穿得最寒酸和土气。自然而然,同住一个宿舍的我们就走到一起,成为形影不离的好朋友。

　　生活在繁华的城市里,没过多久,我也学着班上其他女生的样子,拉直了自己微卷的头发,把自己漂亮的衣领从校服里翻露出来,把自己打扮成漂亮、时尚的女高中生。林爱珍依旧如故,半个学年过去,她还是穿着她从家里带来的土气的衣服。就是穿着校服,她的样子也是土土的,皮肤暗淡无光。但她一向大大咧咧的,根本不在意自己的穿着打扮,体育课上,女生们都会躲在树荫下纳凉,就她一个人在烈日下的操场上狂跑。她学习很认真,除了英语外,其他科的成绩都很好。在班上,她和我很好,但她对其他同学,也是笑容可掬,似乎和谁都很亲密,这点是我最看不惯的,想想其他同学对我们的嘲笑,我就无法原谅他们。

　　我没办法做到她那样,那些被人嘲笑的窘迫一直浮现在我脑海,别人脸上那些嘲弄、不屑的表情，我一直铭记着，怀恨在心。即使后来大家渐渐熟悉了，我也是冷若冰霜，不和城里的同学，特别是那些嘲笑我的同学交往。我只把林爱珍当成朋友，最好的朋友。我们是同桌，也是同一个宿舍上下铺的姐妹。

我就不明白，林爱珍为什么每天总是那么快乐？她对每个人都很友善，似乎早已忘记当初被人嘲笑，被人排斥的日子。

刚开始时，我们的英语都很差，特别是口语和听力练习，但考试还行，只是无法开口说。同学们嘲笑我们的英语是"夹着酸菜味"的。经过一年的努力，我们天天抱着复读机练习口语，第二年的全校英语演讲比赛，我们都获奖了，倒是那些嘲笑过我们的同学，一个也没有站在领奖台上。

常有同学向我们请教各科难题。我总是面无表情地拒绝，不是说不会，就是说没时间，倒是林爱珍，来者不拒，很详细地给对方讲解，有时，因为帮助别人讲解习题，搞得自己的作业都没时间做。

"你不累呀！天天乐呵呵的，还有空给别人讲解习题？简直浪费时间，他们早干吗去了？"我不满地问她。"既然会，就告诉别人了，给他们讲解一遍，我自己也加深了记忆呀！"她笑着说。"笑什么呀？用得着整天笑容满面地对他们吗？他们那么自私，难道你都忘记了最初他们是怎么嘲笑你的吗？"我绷着脸，严肃地说。

"但是那些事早就过去了，不是吗？一直怀恨别人，不累吗？"林爱珍说。

"我真的无法理解你！别人伤害我们，你还笑脸相待，我做不出来，尊重应该是互相的，不是吗？"我企图说服她。

林爱珍又笑着说："玫子，你每天过得快乐吗？""和你在一起，我就快乐，和他们在一起，我就不快乐。"我揽紧她的肩膀说。"其实，快乐要自己去获取的，我们改变不了别人，但我们可以学会调节自己的心情。"林爱珍依偎在我身旁说。

"调节自己的心情？"我疑惑地问。

"是呀！快不快乐是自己的事，与别人无关，但你对人说话时，多一点笑脸,多一点热情,你自己也会更快乐一些,不是吗?生活是一面镜子,你对它充满笑容,它就会回报你快乐,整天拉着张苦瓜脸,不郁闷死了。"

"是不是面对我的苦瓜脸,你很郁闷?"我不快地问。

"和我一起时,你笑脸盈盈,我哪会郁闷。我是希望大家都能看见你灿烂的笑颜,你知道吗?你笑的样子很美,看着就是一种享受。"林爱珍说,眼中闪烁着真诚的光。

其实我知道,林爱珍的笑容才是最美丽的,让人如沐春风。她待人真诚,乐于助人,每个同学都喜欢她。她有她的快乐原则,那就是用一颗宽容的心面对每个人,这样自己也可以更快乐。

拥有一颗宽容的心,处处爱人,就像是卸下了万千重担。走到哪里都会是一身轻松。

遇见你之前,我是一株狗尾草

安一朗

近朱者赤,近墨者黑。

———— 付玄

1

由于个头矮小的缘故吧,我一直坐在教室第一排的座位。

按说娇小玲珑的女生很可爱,在班上会有好人缘,但我的情况恰恰相反,几乎没有同学愿意与我交往,他们叫我"乡下土豆",说我性格怪僻。

初中两年,我一直独来独往。看着班上的同学每天呼朋引伴,三三两两聚在一起,看他们聊得兴高采烈时,我也会羡慕。那个时候,心里会产生一种莫名的悲哀,觉得自己就像野地里的一株狗尾草,从来不会有人关注和在乎。

星辰来之前,我在大家眼中就像"隐形人"。其实最初,我有努力试着融入他们的群体,但被赤裸裸地排斥了。我还听见他们说,那个又小又丑的女生,跟她在一起,看见她眼角的伤疤,浑身会起鸡皮疙瘩。这样的伤害就像一把刀,把我的心刺得伤痕累累。

从那时起,我关起心扉,再也不乞求他们高贵的友谊。

2

星辰原来在省城读书,因为父母工作调动才转学过来。听同学讲,她的父亲是副市长,所以她刚到班上就引起了轰动。当然,长相漂亮的星辰,缎子似的长发,甜美的笑容就足以激发大家无比的热情,成为众人瞩目的焦点。

星辰很有涵养,就连对我也充满了热情。我很感激老师将星辰安排成我的同桌,这个于他没有任何意义的简单举动,却意外地改变了我的人生轨迹。在青春的小站,与星辰相遇,我想这是上天给我的最好的礼物。

初来乍到的星辰,在学校里仿佛刮起了一阵旋风。那些天,总有陌生的同学在教室窗外张望。不用猜,都是冲着星辰来的。班上的女生友善而主动地与星辰打招呼,一下课就亲热地围绕在她身边,聊得热火朝天。我很不屑她们的做法,可能是自卑心理作祟吧,一开始,我对星辰并不友好。我每天绷着脸,从不正眼看她。有同学说,我和星辰坐在一起,代表了城市和乡村。虽然被伤害过很多次,但听见这样的话,我还是会难过。

我的父母是进城务工的外乡人,在这个繁华的城市打拼。虽然我努力想融入这个城市,但无济于事,乡村的痕迹就像烙印在我身上。有时我在想,农村有什么不好呢? 农村人的真诚和朴实是城里人永远都学不会的。

我的敌对情绪,星辰一目了然,只是她想不明白,我为什么要针对她。在遭到我的几次“冷面孔”后,她也有点尴尬,但依旧用笑脸相对,只是话少了。后桌的女生有次拉住星辰,轻声低语告诉她:“柳之是一个很不好相处的人,班上的同学都不爱与她交往,你以后也不要再搭理她。”我听见星辰说:“没事,熟悉后就不会啦! 柳之可能是不爱说话。”

我和星辰生活在两个完全不同的世界,她对我的友善,可能是一种怜悯吧。我一次次这样猜想,心里很不舒服。我虽然卑微,但也有自尊,不需要怜悯,也不允许别人轻易践踏。于是有一次,在星辰又笑容满面地问我话时,我冷漠地说:“收起你假惺惺的笑容吧。”我的凛然和冷冰冰的语气吓到了星辰,她的眼眶里突然就泛起泪花,看着我哽咽:“为什么这样? 我做错了什么?”望着她楚楚可怜的样子,我很后悔自己对她说的话,星辰根本没有做错什么,这一切都只源于我内心深处的自卑。

3

我彻底把星辰得罪了，那几天，她一看见我就目光躲闪，匆匆低头。见她那副惊慌失措的样子，我心里一阵黯然。我为什么要这样对待星辰？为什么要拒绝这份友情呢？

我再也无法独自沉溺于书本而不理会周围的世界，我开始关注班上的同学，特别是注意星辰的一举一动。看见她与其他同学友好交谈时，心里会有一种冲动，想走过去加入她们的聊天，我想星辰一定会接受。但我不敢，我没有勇气，只能缩在自己的壳里。

有一天晚上，我在做作业时，突然听到妈妈在对爸爸说，她今天去了副市长家做钟点工。"副市长？"一听到这三个字，我的耳朵竖了起来，会不会是星辰家？他们两个兴致勃勃地聊得很开心，我却是一点做作业的心情都没有。如果真是星辰家，她万一知道了我妈妈在她家做钟点工，会怎么想？

"妈，你能不能不做钟点工？换份工作吧？"我说。

父母停下来，诧异地望着我。

"我怕你太辛苦。"我对父母撒谎，其实心里只是害怕那个副市长家就是星辰家。

妈妈慈爱地摸着我的头，说："辛苦什么呀？"

妈妈以为我是在关心她，脸上露出幸福的笑容，而我却是内疚得不敢再吭声了。

我开始更加努力地学习，唯有这样，心里才踏实。成绩是我唯一骄傲的地方，每次考试我都斗志昂扬。可是星辰的到来，打破了我一直在班上独占鳌头的惯例。我有些愤怒老天爷的不公平，为什么她样样都占齐，连一点点骄傲的资本也不留给我？

4

学校要推荐几名上省重点高中的保送生,我们班分到了一个名额。如果在以前,按成绩排的话,非我莫属,但星辰来后,情况就不一样了。

星辰成绩优秀,而且多才多艺,再说她还有背景,这么一想,我就知道自己没机会了。心里是有些恨星辰的,她为什么要转学到我们班呢?

让我没想到的是,老师公布保送生名字时,居然是我。稀稀拉拉的掌声中,我惊愕地望着老师,呆住了。

"恭喜你!柳之。"星辰笑着对我说。

可是到了放学时间,我的喜悦就被硬生生地浇灭了。我听到后桌的女生说,老师原来定的保送人选是星辰,但她主动放弃了……我听了很不是滋味。放学铃声一响,我第一个冲出教室,找到还在画插图的她,准备问个究竟。

"我确实选择了放弃,因为从各方面来说,你都比我有资格获得这个名额。我不是帮你,只是还这个评选一个公平。"星辰说。

我默默地看着她,不知再说什么好。

"走吧,别发呆。我的板报也出完了。"星辰拉起我的手。

"你确定你不是同情我?"我固执地问,因为除了眉梢的疤痕,我还有脚疾,那是小儿麻痹症留下的影子,虽然经过长期的治疗不那么明显了,但一跑起来,那别扭的姿势还是会让人嘲笑。

"不是。"星辰认真回答我。

在回家的路上,我知道了星辰的秘密——她是一个光头。我不信,认为她骗我。为了证实她的话,星辰把我带回了她的家,在她的房间,她一把扯下了她那缎子似的飘逸长发,她真的是光头。我惊愕得张大嘴半天说不出话来。

怎么会这样呢?我难过得流下了眼泪。她是一个那么漂亮的女孩,却没有头发。

星辰走过来,轻轻搂住我:"我都没难过,你难过什么呢?"

我的泪水肆意横流。

"别为我难过啦!人生的事哪能事事如意呢?不过,要为我保守秘密哟!"星辰微笑着递给我纸巾。看着她微笑的脸,我连连点头,心里却在后悔不该对她那么不友善。

5

我和星辰成为好朋友,跌破了很多人的眼镜。有同学好奇地去问星辰,她逗乐说:"难道我和柳之是敌人吗? 为什么不能做好朋友呢? "

我在旁边听着心里暖暖的,星辰是我在这所学校里的第一个朋友。

有星辰陪在身边,我快乐起来了,有时还会主动和她开玩笑。星辰看着我笑容可掬的脸说:"柳之,你知道吗?你笑起来的样子有多美!以后可不许再绷脸了,好凶哟! "

听着星辰的话,我红着脸局促地答应。就像星辰说的,好坏都是一天,快乐是自己的事,如果连自己都不善待自己,还能奢望别人吗?我们要快快乐乐地过活,把每一天都过得精彩纷呈,这样才不会辜负我们的青春年华。

星辰虽然还在化疗期间,但她乐观积极的态度,从来就不曾让人发现她还是一个病人。星辰特别爱美,每天上学前,都要把自己收拾得青春靓丽,那头假发,她细心打理,梳理得纹丝不乱,有时,还会扎上一条颜色鲜艳的丝带。

"笑容可是最美的饰物,无与伦比的美丽,记得每天都要带上哟! "星辰不仅教会了我穿衣打扮,还把她的美丽秘籍传授给我。受她的影响,我不再整天耷拉脑袋,不再绷着一张漠然的脸,不再躲闪身边的人,我对他们露出最真诚的微笑。

我的自信和热情渐渐赢得了大家的尊重和接纳,不再觉得自己是一株没人在意的卑微的狗尾草。

"生命的长度由不得我们选择,但生命的质量我们完全可以自己把握。"有一次,星辰这样对我说时,我难过地抱住她泪湿眼眶。她的话,我明白,她的生命随时都有可能结束,她目前只是不愿意在医院浪费时间,说要趁活着时,做最好的自己。

做最好的自己——这是星辰留给我的毕业赠言。

我希望会有奇迹,星辰能够一直陪伴在我的身旁,因为她是一个那么热爱生命的善良女孩,她一直在做最好的自己。我也要像星辰一样,因为遇见她以后,我不再是一株狗尾草,我们都要开出自己生命中最绚烂的青春之花。

真好,在似水流年的日子里,孱弱的自己遇见同样孱弱的你,然后互相鼓励,走过生命最艰难的日子。

让家里的爱流动起来

张素燕

家是父亲的王国，母亲的世界，儿童的乐园。

——爱默生

公园里，一家三口在散步。孩子有五六岁的样子，一只手拉着妈妈，一只手拉着爸爸，蹦蹦跳跳着，扭动着欢快的舞步。爸爸妈妈和孩子愉快地交谈着，父母的眼神不时地相会而笑。在他们的身上洋溢着浓浓的家的温暖和爱的温情。顿时，一股感动的暖流涌遍我的全身。

家是什么？家是幸福的港湾，是我们停脚歇息的归宿。爱是什么？爱就是无私地给予对方的一种情感。我们每个人都渴望有一个幸福温暖的家，然而这只是很多人来自内心深处的呼唤，实际上真正拥有的人并不多。

家是亲人的载体。真正的家是充满爱的，是父母恩爱、母慈子孝。也就是父母之间，父母和孩子之间都亲密无间，和睦相处，其乐融融。这是一种至亲至爱的感情，不会因地点的不同、时空的不同、人物的不同、事件的不同而改变。诚然，夫妻关系很重要，只有夫妻和谐恩爱，才能给这个家带来幸福。但这只是一方面，父母和孩子之间的关系也是非常重要的。在这里面，最好的就是父母作为一个共同体来对待孩子，使孩子感受到来自

父母共同的温暖和爱意。让三者彼此融合，而不是父母关系很好却跟孩子有隔阂，或夫妻关系不和谐，父亲或母亲单方的对孩子好，这样就会造成爱的凝固。

然而在我们生活中，往往存在这样的情况。夫妻之间很好，可跟子女有隔阂。父母说孩子这样不听话，那样不懂事；儿女说父母这样不关心他们，那样不理解他们，等等。这可能是处理方式不当造成的。但不管什么原因，我们都需要去解决问题，而不是父母和儿女之间相互抱怨。想想看，儿女再不对，"子不孝，父之过"，总有你家长教子无方的原因吧？反过来，父母再不好，你也应该"首孝悌，次谨信"吧。所以我们要相互沟通，相互理解，消除父母与子女之间不应该有的隔阂，让父母和儿女之间的亲情之爱在温馨和谐的家庭里流动起来。

父母都很爱孩子，跟孩子相处得很好，但父母感情不好，这样的情况也很多。甚至有些家长虽然很爱孩子，可却由于诸多原因跟对方离异，致使孩子成为单亲儿童。这对子女的成长影响是很大的。父母有一方忽略了对孩子情感的培养，对孩子的身心发展都是不利的。父亲果敢刚毅的男子汉性格，和母亲温柔善良的女性美都是孩子成长过程中不可缺少的"营养"，所以来自父母双方的爱对孩子的成长起着不可估量的作用。有一个男孩，都 16 岁了，还跟班里的女生在一起，什么事儿都愿往女生堆里扎，没有那种男子汉的阳刚之气。调查得知他从小跟母亲在一起，缺少父爱，缺少果敢、勇猛、坚强、自立等男性特质的影响。

一个成绩很优秀的初三女生突然不想上学了。调查原因才知女孩的父母关系不好。父亲忙于应酬，整天晚上不回家。女孩几乎很少见到父亲。母亲把所有的精力都用在培养女孩身上，希望女孩能出人头地，成为自己的骄傲，替自己出口气。女孩也不负期望，成绩优异，一直都是学校里的十佳学生。可长期的家庭不和以及父爱的缺失，让女孩变得很固执，很偏激，她没有被爱的感觉，看不到生活的美好，因而也就产生了辍学的念头。

　　我们做父母的一定要给予孩子均等的爱。在听心理健康讲座时,专家也讲到了家庭关系的话题。一个三口之家有爸爸、妈妈和孩子。这三者之间的两两关系都要和睦融洽,家庭才会和谐幸福。

　　家庭是工作和生活幸福的源泉。家庭幸福,孩子才能健康,工作才能愉快。爱在亲情间,爱在心间。没有无爱的家庭,只要亲情在,爱就在。爱是相通的,爱是流动的。爱如涓涓细流,家如温暖港湾,让爱汇集成的河流在温暖的港湾中流动起来吧。

　　家是港湾,家是归巢,家是每个游子心里永恒的小窝。家的温馨,是任何一个地方不能给的温情。

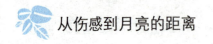

你别怕，有我在

凤 凰

责任就是担当，就是爱。

——穆尼尔·纳素夫

他去服装店为妻子购买衣服，还没选好，就天旋地转，他一看，那一排排服装摇晃起来。接着，有人叫一声，快跑。他迈腿就往外跑，可是腿却不听使唤了，他没跑出半步就跌倒了。接着，房子就倒塌了下来。他被埋住了。他只觉得天昏地暗，只能从一些缝隙里看到一丝丝亮光。他感到全身都特别地痛，他想动一动，却动不了，一使劲，全身就更痛。

地震了。他害怕起来，外面的情况肯定很糟糕，不一定有人知道他在这里。就是有人来救他，也不知道要等到什么时候。他怕自己坚持不下来。他轻轻地哭泣起来。

一会儿，他听见旁边有声音，像是有人在哭泣，又像是人在呻吟。他想起刚才在服装店里还有位女孩，旁边的呻吟肯定就是那位女孩传来的。他说，你还好吧？没有人回答他。他想也许是女孩难以说话，或者是女孩不想说话。他

说，你别怕，有我在！女孩还是没有说话。只是，女孩的呻吟还在继续。他想女孩一定像他一样受伤了，而且肯定伤得很重，肯定很痛。他说，你真的别怕呀，有我在！真的别怕，会有人来救我们的……他没再说下去，就是这几句话，已经让他很痛苦了。

可是，女孩依然在呻吟。他想女孩肯定是疼得受不了了。他再次想动一下身子，可是他一动就疼，也禁不住呻吟了一声。他想自己爬出去，然后再救女孩，可是他办不到，现在只能等待救援人员了。

他想，现在，我不能绝望，她需要有一个人陪着她，否则，她会恐惧会绝望的！于是，他又说，你别怕，有我在！他想女孩肯定会因为有他在旁边而稍稍安定，女孩也肯定不会绝望了。只要他还活着，她就能坚持，就能活着。

大概是每隔半个小时，他都会对女孩说一声，你别怕，有我在！女孩总是不说话，女孩回应的只是那细细的呻吟。听到女孩的呻吟，他心安了，女孩还活着。

女孩还活着，就值得他忍受痛苦努力地叫一声，你别怕，有我在！他突然感到自己特别像个男人——为了别人，自己愿意承担一切。

缝隙里没有亮光了，他知道，天黑了。他对女孩说，你别怕，有我在！坚持住，明天会有人来救我们！女孩依然什么都没有说，只是回应一声声细细的呻吟。他听到女孩的呻吟，很为女孩担忧。可是，他又帮不上别的什么忙，他只能对女孩说一句安慰的话。他能做到的，只能是这些。

什么时候睡着了，他不知道。醒来，他暗叫一声糟糕。他说，你别怕，有我

在！女孩给他的依然只是那细细呻吟，他松了一口气，她还活着。他想，他对女孩说这样一句话，女孩就知道他还活着，肯定会继续坚持下去的。

隔上半个小时，他都会说一声，你别怕，有我在！当然，他只能得到女孩那细细的呻吟。但这已经足够了，至少她还活着。他想，要是他们中间没有那些砖头，能够相互看到对方就好了，那样，他就可以清楚地知道她的情况，说不定还能给她更多的帮助。

又一个黑夜来临了，他坚持住了，女孩也坚持住了。只是，女孩的呻吟一直在持续，这呻吟一直揪着他的心，以至于有时他忘记了自己的处境，忘记了自己的伤痛。他想到的，是怎样帮帮女孩。可是，他真的帮不上别的什么忙，他只能告诉女孩一声，你别怕，有我在！他能做到的，只能是这些。

天又亮起来，他醒来，首先想到的就是女孩，他说，你别怕，有我在！女孩给他的依然只是那细细的呻吟，他听了就松了一口气，她还活着。他想，他对女孩说这样一句话，女孩就知道他还活着，自己肯定会继续坚持下去的。他们现在要做的，就是继续坚持下去。

终于，他等来了救援人员。救援人员救他的时候，他说，先救她，先救她！但救援人员却还是只救他。他很着急。最后，救援人员把他救出来放上了担架，他还挣扎着说，你们快救她呀，快救她呀！

救援人员说，还有谁吗？他说，还有一位女孩！救援人员说，她已经遇难了……他说，不可能，不可能！她一直在呻吟呢！她还活着……救援人员说，哦,我想你是听错了吧,那是一个闹钟! 有人从废墟里捡起一个小小的闹钟。小小的闹钟已经裂了缝,但却还是"嘀嗒嘀嗒"地走着。

他明白了,一直以来他认为的女孩的呻吟,竟然就是这闹钟的声音。因为那些砖头的阻隔,他居然把那"嘀嗒嘀嗒"声当作了呻吟声。他说,把它给我! 救援人员把闹钟给了他。握着闹钟的时候,他笑了,是这个小小的闹钟给了他活下去的希望。

"你别怕,有我在。"这是听过的最豪迈的语言。在危难的时候坚定的站出来,勇敢的承担起责任的人,是令人敬佩并爱戴的,事实证明,一个怀有大爱的人,必然也会有力量,因为责任使他坚强。

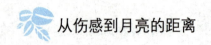

强者更需要协作

林玉椿

一个人如果单靠自己,如果置身于集体的关系之外,置身于任何团结民众的伟大思想的范围之外,就会变成怠惰的、保守的、与生活发展相敌对的人。

—— 高尔基

摄影师在拍摄鳄鱼捕杀斑马的过程中,发现了一个意外的现象:鳄鱼群通过围捕,成功猎杀了一头斑马后,一向以冷血、凶残著称的鳄鱼们并没有一哄而上,为了争抢食物而大打出手。而是耐心地、温文尔雅地排起了队,按顺序依次进食。原来,由于鳄鱼长着圆柱形的牙齿,不能咀嚼,所以一只鳄鱼在享用大型猎物时,需要同伴用嘴巴固定住猎物,然后这只鳄鱼咬住猎物在水中快速旋转身体,才能将猎物的肉撕扯下来,然后进食。没有同伴的帮助,鳄鱼对那些摆在自己面前的"大餐"只能流口水。

鳄鱼在地球上已经存活了上亿年,它们的互助行为,可以说是这种古代爬行动物至今没有消失并且日益繁盛的重要原因。

我们经常认为大多强者都是孤独的,他们不需要太多的协作精神,而是更需要自我的决断甚至独裁。鳄鱼捕食斑马的现象却给了我们这样的启示:强者也需要协作——而且相对于其他人来说,强者更需要协作!

鸡捕食虫子,轻而易举;猫捕食老鼠,也只是需要把身手练得敏捷些。但狼去捕羊,鳄鱼去捕食斑马,却需要成群结队,共同协作。因为越是强者,想吞食的目标也就越大,遇到的困难也就越多,遭受的反抗也就越强,如果单靠自己,往往难以成功。而且强者一旦跟同伴不团结、互相争斗,代价也会非常大,往往落得两败俱伤的下场。

　　人无完人,每个人都有自己的缺点和弱点。无论你的能力多么强,无论你的水平多么高,你总不可能什么事情都一个人扛起来——就像鳄鱼如果没有同伴的帮助,就吃不了眼前的"大餐"一样。协作往往是一种互利的行为,能达到双赢的效果。一个愿意协助他人的人,比那些完全自私自利的人具有更多的发展机会,并且更容易比那些冷漠独断的人赢得胜利。

　　因此,协作不是懦弱的表现,协作应该是强者必须应有的姿态。许多强者因为孤傲而以失败落幕;许多弱者因为协作而变成强者;许多强者因为协作而变得更强,最终书写出自己人生辉煌的篇章。

　　自大的人终究会自食其果。个体无论多么强大,也无法与集体的力量抗衡,团结一致,力量才是无穷的。

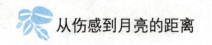

播种希望

瞿幼芳

希望是坚韧的拐杖,忍耐是旅行袋,携带它们,人可以登上永恒之旅。

——罗素

在我 20 岁的时候,正是一名疯狂的文学青年,痴迷于写作,每晚总在灯下写稿,然后第二天寄出去,本地的也好,外地的也好,捞到一张报纸的地址就往外投,我多么想有一天能从报纸上看到自己的作品和名字,可总是事与愿违。那时,我做了好几个梦,梦见文章发表了,梦中兴奋异常,醒来却惆怅无比。

那时我的工作是景点讲解员,每天要接待不同的游客。一个炎热的夏天,我接待了一批作家团。这些作家来自全国各地,由省文联组织来景区采风。太好了,仰慕已久的大作家们来了,可以从作家们口中"偷拳头",最好能传授给我快速写作发表的"九阴真经",那就太美了。我偷偷地做着美梦。作家们兴致勃勃地听着我的介绍,赞叹着优美的风景,不时地合影留念。到了山上,不少作家又热又累,就坐在茶室里喝茶休息。

一位 50 多岁的作家兴致很高,意犹未尽,我就陪着他继续游玩山上的景点,他中等个子,戴着眼镜,儒雅斯文,看上去很有信赖感。他感谢我这么热的天还陪他走,我笑笑说这是工作,应该做的。我们一边走,一边聊,言谈中我流露出对作家的仰慕,以及一年来投稿不中的迷茫灰心。

我问他:"我爱好文学,喜欢写文章,可是我投稿投了一年多,始终没有发表,可能我不是写作这块料,我的文学之路是否该继续走下去呢?"作家看我热得满头是汗,给我买了瓶水,缓缓地说:"万事开头难,既然你热爱文学,就不要放弃，只要坚持下去，每天动笔，熟能生巧，掌握了一定的套路，离发表之路就不远了。"接着，他神秘地说："我向你透露一个投稿诀窍，你可以一口气连着向报刊投六七篇文章，瞄准了这家报纸，密集性地投，投得多了，编辑也被你的写作热情所打动，总会用个一两篇。"

他又给我讲了写作上的一些知识，让我很有启发，我们聊了很多，虽是初次见面，却非常投机。临走时，作家拿出一张名片，让我把自己认为满意的文章寄过去，给他看看。如果可以的话，发表在他主编的文学期刊上。可是犹豫了一个月，我还没把文章寄过去，一来因为人家是一名作家，工作很忙，不敢去打扰；二来怕人家是客套话，客气一番，我就当真了，也许等我把文章寄过去，人家早忘了我是谁；三来怕我的文章太差，入不了作家的法眼，反被别人耻笑。

过了些日子，我收到了他的一封信，问我为什么不把文章寄过来，随信还给我寄来了两本他的散文集。我很意外，没想到他还记得我这个无名小卒。捧着书，我深深地感动了，这真是我生命中的贵人啊！

我的三篇散文，终于发表在了那本杂志上，这是我梦寐以求的处女作啊！我激动地搂着那本杂志入眠。此后，这三篇文章仿佛是敲门砖似的，敲开了当地报纸的大门，我写的文章陆陆续续地不时见报。如今，我已经在《新民晚报》《北京青年报》《打工知音》《知识窗》等报纸杂志发表五六百篇文章。

那本杂志是 1998 年第三期《航天文艺》，那位作家是中国作协会员张蓬云，辽宁沈阳人。

三毛有一首歌，叫《梦田》，歌词这样说："每个人的心里都有一亩田。用它来种什么呢？种桃种李种春风，开尽梨花春

又来。"每个人心里的一亩田,每个人都用它来播种。有的人播种怨结,有的人播种仇恨,有的人播种恩情,有的人播种善意……而最后收获的就是曾经播下去的种子。

想起往事,历历在目。当年张老师就是播种希望,给了我一个发表的机会,从此我的梦想就开始发芽、生长。如今,我也要做一个张老师那样的人,尽自己的力量帮助、鼓励身边的人,给他们希望。

在这个谈梦想都显得奢侈的年代,一个人心存梦想并勇敢追梦的人该是有多大勇气。每一个梦想都该被鼓励和尊重。

从伤感到月亮的距离

第六辑　生命里那些未曾掉下的泪

要经历多少苦难，蹚过几次泥沼，我们才能放声肆意地哭和肆意地笑。希望每个人都是这样，在最后的最后，你的所得可以配得上你受过的苦。

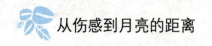

推己及人就是天使

张艳君

己所不欲,勿施于人。

——《论语》

一天早晨,当她端着一大碗滚热的小米粥要喂他时,没想到,他扬起一只手,劈头朝她打来。没提防的她躲闪不及,那满满的一碗粥不偏不倚全扣在了她的脸上。赶紧到洗手间用清水冲洗,然而,那被烫伤了的脸却瞬间红肿起来。

他是她护理的对象,这是她开办老年护理院后护理的第一位老人。

老人姓韩,患了脑溢血,丧失了语言功能。他受不了这病痛的折磨,只想一死了之。动不动就发脾气,并且已一连几天拒绝进食了,连他的女儿也没有办法。她凭着自己的一腔热情与爱心,将老人接收了下来。没想到老人一来就给了她一个"下马威",她受尽了委屈。他口不能说,手却尚能写,她拿起笔来与老人"讲理"。最后这事有了一个还不错的结果。

这件事当时给她的思想触动很大,让她认识到光有热情是办不好事的。护理本身是一门学问高深的专业,何况自己要面对的多是一些疾病缠身、身心都受到折磨的老人!

于是,她开始从书本中学习相关知识,在实践中揣摩钻研老人护理的特殊性。慢慢地,她也就悟出了老人护理的一些特点。尤其要在三个方面下功夫:首先是最基本生活护理,包括饮食调理;其次是医疗护理,也就是救死扶伤;最后是心理护理,这也是要求最高的,难度最大的。

为了尽快系统掌握相关知识,她还报考了长春中医学院中西医结合专

业。被录取后,白天是没有时间学习的,她只能在晚上将老人们安顿好后,才拿起课本钻研。在三年多的时间里,她每天都要学习到深夜。在老人护理心理学方面下了足够的功夫。全面的护理知识为她规范护理、科学护理插上了翅膀。

那是一位患了脑血栓的姓聂的老人,他曾先后在两家企业担任过总经理。他的脾气本来就有些古怪,多年的企业领导工作又使得他养成了比较专横的性格。特别是得了病后,更是变得孤僻、暴躁。儿女们一连给他换了好多保姆,都让他气走了。儿女们自己侍候也不能让老人满意。无奈之下,儿女们将老人送到了护理院。

那是在老人入院的第一天,她正低着头在给老人整理床铺。老人冷不防在她头上来了一拐杖,但她只是和善地看了老人一眼,抚了抚额头,继续整理着床铺,直到将床铺整理好。后来,老人似乎蓦然觉得自己错了,有些孩子气也有些自嘲地说:"你怎么就伤着脑袋了呢?"她冲着老人笑笑。

之后,她尽量抽时间与老人聊天。因为她已经用心观察过老人了,老人就是要别人听他的,聊天时她也就顺着他。她说,这就是"老总情结"在他心灵的顽强反应吧。明白了老人的心理诉求后,一切问题也就迎刃而解了。

后来,老人变得非常听她的话,并执意要认她为干女儿。几年之后,老人在临终前,也只让她照料自己。并说,我有你这样的女儿,我真不想死呵!老人的6个儿女对她更是感激不尽,把她视作亲姐妹。

由此,更是让她深刻体会到在为老人服务时,只有懂得他们的心理,知道他们最需要什么,才能收到预想的效果。她还说,老人属于弱者,尤其是这些生了病的老人。对于这些老人,人们往往爱报以怜悯之心。其实,他们并不要怜悯而是希望平等。

有了这样一种认识,她也就努力争取让老人们享有应有的一份平等,获得本该有的权利。

一天,她接到一个电话:说有一位77岁的老人,老伴儿刚去世,情况十分特殊,希望她能将老人接收下来。这个电话是市老龄委打来的。在弄清事情的原委后,她二话没说,就把老人接到了院中。

原来老人姓李,他有 6 个子女。老伴一去世,他的子女们就将他的房屋财产分割了,又把老人的户口簿、身份证也不知弄到哪儿去了。老人常常独自垂泪:"我这一辈子辛辛苦苦将 6 个儿女拉扯大,如今却无立锥之地了啊!"

她不能让老人在这伤心欲绝的泥淖中挣扎,她要为老人讨回公道,让他享有一分应有的人格尊严与平等。思来想去,她决定诉诸法律,帮助老人打赢这场官司。在她不辞劳苦的忙碌之下,终于为老人争回了房屋产权、财产权以及应得的赡养费。后来,老人的三女儿愿意照料老人,便将老人接了回去。但老人常常会回到她的护理院小住,原来老人已经把她当作了最贴心的女儿。

她,就是在长春市绿园区创办了至爱老年护理院的台丽伟。当初举办护理院只是缘于她的一颗"推己及人"的心。

她本来是一家国营企业的职工。1995 年初,只因企业有人说她没能处理好学习与工作的关系,在优化组合时没被"优化"上,被迫辞职下岗,在一段时间的痛苦彷徨之后,她终于振作了起来。做幼儿园老师,推销员,后来将自己的职业定格在了记者上。

正当她记者工作做得顺风顺水时,她的公爹却突然患了脑溢血。丈夫得常常出差,工作正忙,照料公爹的任务也就全落在了她的身上。公爹后遗症严重,不能说话,不能行走,心中焦躁,常常对她发脾气。她只是耐心伺候,并不与老人计较,直到几个月后公爹去世。

她知道,因有她细心地照料,公爹最后一段时光算是幸福的。可她又突然想到,又有多少生病的老人需要人照顾啊!我能否做一件为天下的儿女尽孝、为千家万户分忧的事呢? 这个想法强烈地叩击着她的心扉。

她终于下定决心做这样一件事。于是,通过一段时日的紧张准备,于1996 年 6 月,她的护理院的牌子正式挂出来了。在挂牌后的第一天,听说那位姓韩的老人患的也是脑溢血,并留有严重后遗症。她觉得与公爹的情况很相似,便将老人接收下来。

如今,台丽伟的护理院由最初的 4 间小房、12 张床,发展到拥有用地 5 万平方米,建有 6000 平方米老年公寓,具有电视、网吧、图书馆、钓鱼场、门球场、篮球场等集医疗、护理、康复为一体的大型老年护理中心。这些年来,她总共为贫困老人减免护理费医疗费 50 余万元。先后安排 300 多名下岗女工再就业。她本人也获得过"全国敬老孝亲模范""十大创业先锋""长春市道德模范"等荣誉称号。

台丽伟的事迹,不禁让我想起了一句话:"养吾老以及人之老。"一个能推己及人的人,其本身就具有一种博大的胸怀。那人格的光辉和璀璨的事业一定会相互辉映,那人生的瑰丽也会永远留驻在人们心间。

有人信奉"百善孝为先";有人恪守"一闯孝义生死关"。有人选择善待老人,有人选择拒绝赡老。美与丑,善与恶,全在一念之间,遗臭万年还是流芳百世,系于一瞬。

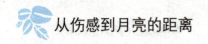

感恩的"黄扶"

唐月姣

> 上天赋予的生命,就是要为人类的繁荣和平和幸福而奉献。
>
> ——松下幸之助

"黄扶"是一个笔名,这与两个黄姓人有关。

他出身贫寒,但非常努力,1912 年,17 岁的他便在宜兴老家的女子初级师范学校任图画教员,此时,他并没忘记做一名画家的理想,教课之余,刻苦作画,以不断提高画技。

然而,厄运却死死纠缠着他,1915 年,发妻病故,儿子也不幸患天花病夭折。一年之间,他还失去了从小就开始教他诗文、书画的父亲。一个接一个的打击让他痛不欲生,他就像一只无枝可栖的孤独的鸿,于悲痛中改了名字。

为了远离让他悲痛的环境,这一年,他来到上海。欲找到一份工作赖以度日,也好实现自己的梦,可他依然四处碰壁。正在他每天饥肠辘辘四处奔波时,幸运地遇到了商务印刷馆发行所的黄警顽。

在和他一番交谈后,黄警顽认为这个小伙子挺不错。当听他说经熟人介绍,要到商务印刷馆找《小说月报》的主编恽铁樵时,黄警顽连忙给他打电话。在和恽铁樵见过面后,他再次来到黄警顽面前,面露喜色,说:"感谢你的帮忙! 恽先生说,我的人物画得比别人好,让我为教科书画插图,我看这事十之七八能成。"

可是过了几天,他又一次来到黄警顽发行所的店堂,如同被霜打了的茄子一样,满脸的沮丧与憔悴,他非常难受地对黄警顽说:"情况有变,做插画的另有人选。我无颜见江东父老!在上海,我举目无亲,只有你这个朋友,永别了!"说完,他转过身,脚步沉重,踉踉跄跄地离去。

黄警顽最初对他的话并没介意,后来仔细一想:"糟了!他不会去自杀吧?一定要阻止他做糊涂事!"黄警顽估计他去了外滩,救人要紧,连假也没来得及请,匆忙追了出去。在外滩上,黄警顽焦急地找了一会儿,才在新关码头附近找到了他。只见他两眼空洞,正在码头上不安地来回走着,连黄警顽走到他的身边,也没能察觉。

这时,黄警顽一把拉住他的手腕说:"你想干什么?书呆子!"他定了定神,见到是朋友黄警顽,失声号啕大哭起来,黄警顽也感到伤心,抱着他的头一同痛哭起来,招致许多人过来围观。

黄警顽好一阵劝慰,他的头脑总算清醒过来,听了黄警顽的话,两人一起到发行所。在路上,他告诉黄警顽,因欠下旅馆四天的房钱,已经没地方容身了。黄警顽说,只要有我睡的地方,就不会让你睡在露天里。

黄警顽是一个热心肠的人,在单位人缘不错,与同住一个房间的同事以及和门房商量后,黄警顽与他一同挤在一张单人床上,盖一条薄被子。至于吃饭问题,黄警顽每天给他一角钱。黄警顽还对他说:"每天你就到店堂看书,工作上的事我再来给你想办法。"他也就到店堂看美术书籍,也翻阅翻译小说。没错,他就是由徐寿康改名的徐悲鸿。

几天后,黄警顽为徐悲鸿打听到一位宜兴同乡,这位同乡让他画一幅画送过去,说也许对他找工作有帮助。他的画刚好被一位叫黄震之的书画收藏家看见,黄震之十分欣赏他的才华,见他正遇到难处,便把一间棋牌室借给他作画,这无异于雪中送炭。从此,徐悲鸿在上海站稳脚跟。次年,入上海复旦大学法文系半工半读,并自学素描,后又赴法国巴黎留学,回国后任北京大学艺术学院院长等职。

他始终牢记着这两位恩人,黄震之后来做生意破产,徐悲鸿常常予以接济,并资助其东山再起。徐悲鸿在黄震之60岁时,为之画了一幅祝寿图,画面是一位身着长衫的老先生，落款是"震之黄先生六十岁影"，这幅祝寿图可以在已出版的徐悲鸿画册中见到。

20世纪40年代，在黄警顽生活遇到困难时，担任国立北平艺专校长的徐悲鸿请黄警顽到学校主管总务，后来又和他一同转入到中央美院。晚年的黄警顽孑身一人，徐悲鸿除了平时常常去探望外，逢年过节还会让人开车请他到家中吃饭。

徐悲鸿还曾以"黄扶"作笔名，以不忘这两位黄姓恩人在自己最为困难的时候对他伸出的援助扶持之手。

人是要相互扶持的，正因为有那么多人无私地伸出扶助之手，让世界少了一些悲剧的发生，多了一道道如画的风景；也正因为人们不忘感恩，平添了一段段感人至深的人间佳话。

人其实应该要像蜡烛一样，燃烧自己，照亮他人。愿爱常驻人间。

三千份生日礼物

闫莹莹

全世界的母亲多么的相像！他们的心始终一样。每一个母亲都有一颗极为纯真的赤子之心。

——惠特曼

离 12 岁生日还有一周时，美国男孩罗根忽然收到了一张贺卡。那是一张充满了异域风情的卡片，粉嫩的色彩，美丽的图画，背面写着一行略显生涩的英文："亲爱的罗根，生日快乐！"落款是："来自挪威的朋友。"

罗根在脑海里不停地搜索，始终也想不起来，自己何时认识过一个挪威的朋友。从出生到现在，他从来没有出过国，甚至很少走出家门，准确地说，他根本就没有一个朋友。但是这张莫名其妙的贺卡还是让罗根喜不自禁，他翻来覆去地看了一遍又一遍，直到睡觉时也不肯放下，嘴角含着一抹满足的笑。

第二天，罗根居然又收到了一张贺卡，上面也写着祝他生日快乐，落款是一位来自爱尔兰的朋友。就像仙女的魔盒被打开，贺卡一张又一张地飞到罗根手里。那几天，罗根家的门铃一直响个不停，邮递员一次又一次把贺卡送进来，到最后，连邮递员都非常惊讶地说："罗根，生日快乐，你的朋友好多啊！"

这些贺卡，每一张都非常精美，有风景有人物，让人爱不释手。那些祝福的话也非常美好，像蜂蜜一样，让人心底生出无限甜蜜。落款更是五花八门，

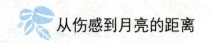

几乎囊括了世界各地。

罗根很疑惑,这些人,怎么知道自己要过生日呢? 他们为什么要寄贺卡给自己? 他苦思冥想,始终也找不出答案。

贺卡还是一张又一张地飞进家门,罗根坐在贺卡堆里,一会儿看看这个儿,一会儿捡起那个,像一个坐拥金山的大富翁。他拿着贺卡满屋子跑,一会儿举到妈妈面前炫耀,一会儿拿到爸爸面前朗读,屋子里一片欢声笑语。

在一场又一场的贺卡雨中,生日很快就到了。一大早,妈妈凯瑟琳给罗根换上了新衣服,还和他一起整理贺卡。贺卡实在太多了,直到中午时分,母子俩才把贺卡归类放好,一共 2999 张,也就是说,罗根收到了 2999 份祝福,这真是有史以来收到祝福最多的一次生日。

凯瑟琳帮儿子擦了擦额头的汗水,正想着中午要如何为罗根庆祝,门铃忽然响了起来。打开门,一个插满蜡烛的蛋糕出现在眼前,两个身穿警服的人手捧着蛋糕,一边往里走,一边微笑着唱起了生日快乐歌。

"罗根,生日快乐!" 歌声结束,门后又闪出了一大群人。罗根惊讶得不知如何是好,在妈妈的鼓励下,他终于微笑着走到蛋糕前,深吸一口气,然后,用力将蜡烛全部吹灭。

一片欢呼声中,有人往桌上拿香槟,有人端出水果,有人端出面包,有人拉横幅,有人用鲜花装点房间,短短十分钟,一个生日派对诞生了。接下来的时间,门铃一次又一次地响起来,不时有人加入到派对中来,而罗根是当之无愧的主角,大家都围着他唱歌跳舞,陪他聊天,给他讲笑话,虽然不知道这些人从哪儿来,为什么对他这么好,但他还是很开心。

看着儿子脸上的笑,凯瑟琳的眼圈渐渐红了。罗根患有自闭症,不愿与人交往,身边根本没有一个朋友,每年的生日,家里都冷冷清清,充满了伤感与无奈,渐渐地,这一天成了一家人都不愿面对的日子。

眼看罗根 12 岁的生日快到了,凯瑟琳犯起了愁,她多么希望儿子在生日那天得到朋友的祝福,多么希望,儿子能过一个开开心心的生日。她试着在网站上写下儿子的故事,并衷心希望每一个看到的人都能给儿子寄张贺卡,让儿子的 12 岁不再落寞。

只是,她没有想到,儿子居然收到了 2999 张贺卡,再加上这个特殊的生日派对,一共是三千份生日礼物。

三千份生日礼物,凝聚着一个母亲的心愿,是三千份爱心的传递,虽然微小,却足以温暖一个自闭症孩子荒芜孤独的心。

母爱就像太阳,无论时间多久,无论走到哪里,都会感受到她的照耀和温暖。每一个被爱包围的孩子,都是幸福的公主!

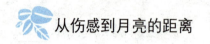

温暖的土豆

闫莹莹

为着彼此深藏的秘密,我们想要传递给对方的温暖,始终无法泅渡至彼岸。

—— 郭敬明

站在寒风凛冽的公交车站台,要等的车一直不见踪影,拿包的手早已冻得冰凉,身体也被冷风穿透,缩着脖子,不停跺脚的你,多么希望有个壁炉从天而降,温暖僵硬的身体啊,如果再有热乎乎的食物温暖一下饥饿的胃,那么,在车站等多久,都不会觉得冷。

不久前,在伦敦的公交车站台上,就出现了这样一个"壁炉"。那是一个方形的广告牌,和站牌差不多大,远远看去,并没有什么特别。可是慢慢靠近它,你就会发现身体在慢慢变暖。广告牌上有一个金黄色的大土豆,形象逼真,让人忍不住想要上去抚摸一下。哇,"土豆"居然是热乎乎的,像个充足了电的暖手宝。更神奇的是,双手一触摸,"土豆"立即散发出缕缕香气,直往鼻孔里钻,那味道真诱人,让人忍不住深呼吸,再呼吸,长久地陶醉其中。

仔细一看,"土豆"旁边,还有一个简洁的按钮,如果触摸它,又会有什么奇迹发生呢?试试吧,轻轻一摁,哇,一张优惠券吐了出来,上面写得很清楚,只要拿着它,就可以在任何商店里优惠购买麦凯恩公司生产的一系列土豆产品。

好吧,现在我们终于明白,原来这一切,只是麦凯恩公司为自己的新产品打的广告。

如何让新产品脱颖而出,受到顾客喜爱?在决定生产土豆产品时,负责推广销售的凯文就一直在考虑这个问题。那天下班后,他一边走一边想,不知不觉就到了公交车站。站台上早已站了不少人，一边跺脚取暖，一边等待着回家的公交车。

在毫无遮拦的站台上，凯文也冻得瑟瑟发抖，饥肠辘辘的他，此时多么希望手里有个暖手宝取暖，又多么希望闻到自己家的饭菜香味。可是，环顾四周，除了冷冰冰的广告牌，没有一点暖意。

商家总是想方设法让顾客关注自己，从而让他们心甘情愿掏钱买自己的产品，可是，怎么就没有商家关注一下顾客，给他们送去一点温暖呢？

那天的遭遇，让凯文决定摒弃一切花哨的宣传，只在公交车站台上竖起一个可以取暖的广告牌，他相信，人们在获得温暖的同时，一定会饮水思源，回报以更大的温暖。

果然，这则广告一经面世，就深受人们喜爱，人们在取暖的同时，也牢牢地记住了该公司的土豆产品，那飘出的缕缕香味如此诱人，怎么能不去商场购买呢？麦凯恩公司的土豆系列产品因此名声大噪，销量节节攀升。

广告不应该只是索取，也应该有所付出，当一则广告付出了爱心和温暖，它收获的，一定是鲜花盛开的春天。

有一首歌里有这样一句歌词：只要人人都献出一点爱，世界将变成美好的明天。我想，的确如此，如果人们相互关爱，那么人与人之间的关系便是纯真而美好的。

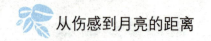
唯有爱舍弃不掉

奇 清

爱之花开放的地方，生命便能欣欣向荣。

—— 梵高

生命就是为了去寻找一种相同的爱，为了这种爱而甘愿自我付出与牺牲。这，就是生命的本质意义所在。

春天，将五彩缤纷的世界展现在了人们面前。桃花绽放了，梨花盛开了……在大片大片的桃花深处，梨花丛里，有许多蜜蜂飞飞落落，寻寻觅觅，嗅嗅尝尝，它们忙碌着，要给世间奉献一分甜蜜，要给大地带来一片丰收。

有一只蜜蜂正埋头采着蜜，突然发现有一个巨大的阴影从它头上掠过。是的，那是蜜蜂们的天敌——一只山雀。山雀在它的头顶上飞过几个来回之后，便向它猛扑过来，因为这只蜜蜂只顾采蜜，离开了蜂群，山雀要吞食它了。就在山雀一嘴向它啄来的时候，它却攀住山雀的颈项，腹部用力一扯，那带有倒钩的毒刺折断后留在了山雀的颈中。眨眼间，成群结队的蜜蜂飞过来了，山雀在接二连三挨了蜇后，便哀鸣着狼狈地逃走了。

这些蜇了山雀的蜜蜂不大一会儿也就死去了。

蜜蜂明知道自己一蜇就会丢掉自己的性命，而为何这只蜜蜂在发现天空掠过阴影的那一刻不逃命，却让山雀来扑向自己，最后要以生命为代价给山雀一击？并且其它的蜜蜂也能做到前仆后继？

原来，它不逃命是不让更多的蜜蜂受到伤害。它将自己的毒钩留存于敌人的身体内，只因那毒钩上有一个囊袋，可以散发出一种气体让同类知道有天敌来了；后来的蜜蜂闻风而至就是要同心协力战胜天敌。

蜜蜂的天敌除了山雀外，还有飞燕、蜂虎、绿啄木鸟等食虫鸟类。当然，蜜蜂的天敌并非都是这样一些"庞然大物"，还有如天蛾、胡蜂、蜘蛛、蜻蜓等昆虫。对于这样一类天敌，蜜蜂把毒钩留在它们的身体内，将自己的信息散发出去，使得后面又有蜜蜂跟上来……

它们就是靠这种不惜牺牲自己与敌人同归于尽的无畏精神，换来蜜蜂族群的繁衍兴盛。蜜蜂这种对族类的爱是与生俱来的。

有许许多多蜜蜂幼虫，它们由受精卵发育而成来到这个世界上。

然而在仅仅出世一两个小时后，这些幼蜂便要开始做一些巢内的工作了。保持巢内的温度是它们此阶段的一项重要任务。但由于它们各种器官、腺体尚未发育成熟，这个时候只能以自身产生的热量来提高蜂巢的温度。可它们干得非常卖劲。

三天后，待它们的营养腺一发育成熟，便由保温工、清理工转行当起"奶妈"和"保姆"来了——它们开始分泌蜂王浆来哺喂蜂王或蜂王幼虫。

在第九天时，它们的蜡腺已趋向成熟，便立即投入分泌蜂蜡筑巢这一比较繁重的工作中。

过了 12 天，它们的各种特化器官全部发育成熟，一个个便要飞出巢外一显身手了。先是采水，这是采集工作中最轻松最容易干的一种；继而开始采花蜜、采花粉、采树脂等。

它们一辈子无畏重重困难，不惜栉风沐雨，尽心竭力。而且越到老时越勤奋，巢内外难度大的、负荷重的工种多由老龄蜂来完成，风险大、技巧高的活计也主要由它们来承担。

它们——就是蜜蜂中的工蜂。

这种占蜂群总数 99%以上的工蜂所做的这一切，只是为了能让一代又一代更多的工蜂将自己产下的蜂王浆喂给蜂王，使得蜂王生存长达三年之久，从而为蜜蜂种族繁殖大量后代。其间，原来与蜂王同属于雌性蜂的它们，即便自己成为生殖器发育不全的中性蜂也心甘情愿,甚或哪怕在这个世界上只活一个月以致更短也在所不惜。

科学家说,蜜蜂是原始生命状态保存最好的物种。安适可以舍弃掉,雌性性别可以舍弃掉,甚至连自己的生命也可毫不迟疑地舍弃掉,而唯一舍弃不掉的就是自己的爱。这便是生命的伟大之处。

工蜂短短的一生告诉我们,那种同类中的相互涂毒,从生命的本质意义来讲,并非进步而是一种倒退。明白了这一点,我们就可懂得生命的诞生就是为了爱。

我们活着就是为爱存在的。这世界没有了爱,恐怕就什么也没有了!

爱不单行

木 子

爱别人,也被别人爱,这就是一切,这就是宇宙的法则。为了爱,我们才存在。

——佚名

1

每天早晨,无论多忙,他都要下楼到车库里,先将妻子的电瓶车从车库里推出来。这样,待会儿妻子去上班,就会省许多力。他总觉得这种出体力的活,应该由自己来做。妻子方便了,就像自己方便一样。他常常骑着妻子的电瓶车绕上几圈,如果发现刹车不灵了,或者有其他什么小毛病,他都会不声不响地将车子修理好。为了妻子的安全,他觉得这是一个丈夫应尽的责任。

他喜欢喝茶。每次泡茶时,他总是发现自己的紫砂杯里,开水已倒了浅浅的杯底,茶叶已经泡的半开了,里面还放了几朵茉莉花。自己再往杯里续点开水,立刻清香四溢,端起杯子就能喝上一大口。真舒服啊!他从心里发出啧啧的赞叹声;他的脚是汗脚,但每天下午上班穿鞋时,他总感觉到鞋垫里暖洋洋。这种暖,从脚底一直传递到心里。真舒服啊!

为他提前泡杯茶、帮他晒鞋垫……这些生活上的小细节,妻子已默默地为他做好。不为别的,只因为他是她丈夫,丈夫舒服了,她也会感觉到。有一种甜,在心里荡漾。

这种默契,这种心系,不需要提醒,不需要嚷嚷,一切都是悄无声息地完成。

2

隐约中,他仿佛听到轻微的敲门声。"是谁啊,将门敲的这么轻。"他边嘀咕,边将门打开。可是,却没有看见人。他以为自己刚才听错了,就在他要将门关上的一刹那,忽然听进一声稚嫩的声音:"叔叔好!"

他低头一看,不禁哑然失笑,这不是邻居家的小男孩吗?"都长这么大了,快请进来吧!"他笑盈盈地搀着小男孩进屋。他担心邻居家找小孩,所以大门没有关上。

小男孩大约才三四岁的样子。进了屋,到了一个新的环境,显得很兴奋。他东张张,西望望,好像寻找什么新发现。他看到小男孩像个将军一样的在视察,忍俊不禁地给小男孩一一介绍起来。小男孩听了介绍,竟像模像样地点头、微笑。

不知什么时候,小孩的母亲倚在门口,看到这一幕,目光中溢满了温柔。这男主人真是太细心了,竟将自己的小孩当个大人似的介绍来介绍去,这真的是一种平等和尊重。

3

这几天他家里有些事,请了几天假。手上的那些一大堆报表还没做好,他心里很着急。今天一上班,他就早早地来到办公室,想抓紧时间将手上的那些报表做好,报迟了会影响工作,他可要挨批了。

到了办公室,他突然看到一沓报表已全做完了,正整整齐齐地放在自己办公桌上,自己只要签上名就行了。等大家都来上班了,他激动地问大家这报表是谁做的。同事们笑嘻嘻地告诉他就别问了,把报表报上去就行了。

这几天,同事小王要出差,可孩子才上幼儿园没有人接送,他很着急。小王是单亲家庭,一个人带着个孩子已很不容易。

他对小王说,你放心出差吧,孩子交给我爱人接送,她正好在家,也没有

什么事。小王听了非常感动，连连道谢。他说："大家在一起工作，帮一下是应该的。"

爱不单行。生活中，这种爱无论是在家里、邻里，还是在社会，永远是一道双行道。付出一点爱，就会得到更多的爱、更多的关心和帮助。生活中，往往不是缺少爱，而是缺少付出。

爱别人多一点，别人就爱你多一点。付出总会有回报，甚至是无数倍的回报。

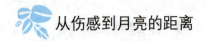

生命里那些未曾掉下的泪

张君燕

卓越的人一大优点是：在不利与艰难的遭遇里百折不挠。

——贝多芬

1

他手握着弹弓呆呆地看着碎了一地的玻璃碴，眼前豪华的汽车车窗上还残留着几块尖利的玻璃，像一根根针直刺进他的心底。他开始害怕起来，刚才真不该逞强，非要跟伙伴们比赛射击。恍惚间，车主气势汹汹地走了下来，边打量着他寒酸的衣着，边扯着嗓门嚷嚷："臭小子，你知道我的车多贵吗？"他低下头，躲开车主凌厉的目光，不知所措地搓着双手，他仿佛看到了母亲因长期劳作而累弯的腰，风吹日晒下沧桑的脸以及因穷苦而黯淡的眼神。一旁的车主还在骂骂咧咧地嚷嚷着，鄙夷和轻视的目光让他窘迫而无助，他感觉自己的泪水快要忍不住滚滚而落了。

正在这时，一双温暖的手紧紧地握住了他，原来是母亲！"对不起，孩子淘气、不懂事，给您添麻烦了。"母亲诚恳地跟车主道歉。车主撇着嘴继续嚷嚷："对不起顶什么用呀？你知道我这车玻璃值多少钱吗……""不管多少钱，我们赔！"母亲打断了车主的叫嚣，不卑不亢地说着，语气中满是坚定。站在旁边的他突然从母亲身上感受到了一股强大的力量，他不自觉地挺直了腰，积蓄在眼中的泪水此刻早已化成了在内心澎湃着的无形的动力。他知道那是责任，是担当。

2

这是他第一次登上这么大的舞台,他尽量控制自己的心跳和呼吸,一次次地告诉自己"不紧张,不紧张"。音乐响起,他立刻进入了状态,开始表演起来。突然,音乐声戛然而止,他的整个身体僵硬地定格在了一处。该死的音响,怎么偏偏这个时候出故障呢!台下响起的窸窸窣窣的声音,让本就紧张的他更加慌乱起来,缺乏舞台经验的他此刻大脑一片空白,时间仿佛静止了一般,每一秒都是那么难熬,心急之下,泪水情不自禁地漫上了眼眶。就在眼泪即将掉落的瞬间,他突然意识到自己正站在众人瞩目的舞台上!泪水可以帮助自己摆脱这样的窘境吗?不,它只会让自己显得更滑稽,更可怜!

在众人惊诧的目光中,他深吸了一下鼻子,缓缓地摆动起了身体,是的,在灯光下,他开始继续表演。没有音乐、没有伴奏,但他的每一招每一式都无比投入、无比认真,他跳跃着、旋转着,仿佛舞台上的精灵,灵动而闪耀。台下的观众情不自禁地站了起来,为他鼓掌、为他喝彩。表演结束时,他微笑着鞠躬退场,他知道,就在那一瞬间,自己成功地实现了蜕变。

3

自从那次她义正言辞地拒绝了"应得"的回扣后,突然发现同事们对她的态度变了。她也说不上来到底有什么不同,但总觉得大家的眼神怪怪的,话语里也或多或少有着揶揄、躲闪的成分。不过,她并没有太过在意,她觉得自己问心无愧。难道非要跟大家一样"同流合污",换来表面上的"和谐、融洽"才是正确的吗?

那次,总公司的领导来视察,招待晚宴过后,领导提出全体员工合一张影。同事们高高兴兴地站起身来,你推我让地挤作了一团,当她走过去时,大家竟然下意识地往边上躲了躲,和她隔开了整整一米的距离。她尴尬地站着,略显突兀的身影是那么孤单和冷清。看着同事们亲昵地手牵手、肩并肩,看着领导眼中的吃惊和疑惑,她突然觉得很委屈,巨大的无助向她袭来,眼泪几乎要夺眶而出了。当她的右手无意中触到左手之时,她突然感到了一种莫名的力量。没有人给自己依靠,自己也可以给自己力量;没有人握自己的手,那么,自己的左手也可以温暖右手。在公司员工的合影上,她独自一人站着,左手紧紧地握着自己的右手,她的脸上带着一丝坚定的笑容,因为她知道,人总是要坚持一些东西的。

4

从一个深山沟里的放牛娃走到众人艳羡的"成功人士"的位置,他吃了多少苦,受了多少罪,经历了多少不为人知的艰难的故事,恐怕只有他自己心里清楚。有一次接受记者采访时,记者好奇地问:"是什么激励您走到了现在呢?""眼泪"他微笑着回答。"眼泪?"记者不可置信地反问道:"您的意思是说哭可以解决问题吗?""不,恰恰相反。"他平静地说"是那些未曾掉下的泪。"

是的,我们都曾有过艰难、无助、彷徨、尴尬的时刻,在那样的时候,我们会忍不住想要哭泣。但是,有些场合并不允许我们流泪,或者说流泪不但解决不了问题,反而会让我们更无助、更尴尬。我们能做的,只是坚强地抬起头,收回那些即将掉下的眼泪。挺过去,我们就成长了。而那些曾徘徊在眼中又流回心底的泪水,浸润着生命中的希望和坚守,不仅洗亮自己的眼睛,更能洗亮眼中的世界,从而能让我们在这纷繁的世事中,让心灵不染风尘,让梦想生生不息。

要经历多少苦难,蹚过几次泥沼,我们才能放声肆意地哭和笑。希望每个人都是这样,在最后的最后,你的所得可以配得上你受过的苦。

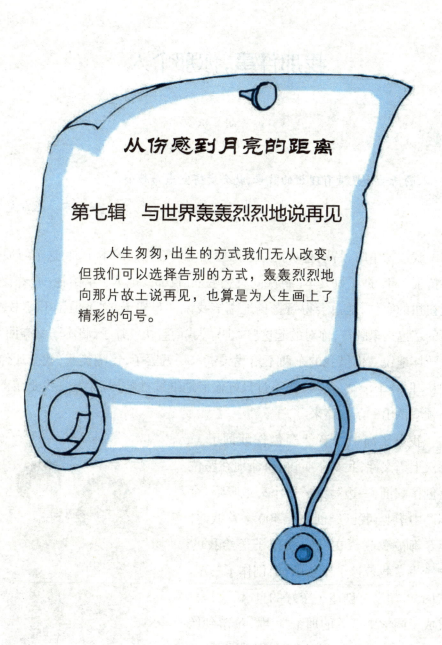

从伤感到月亮的距离

第七辑 与世界轰轰烈烈地说再见

　　人生匆匆,出生的方式我们无从改变,但我们可以选择告别的方式,轰轰烈烈地向那片故土说再见,也算是为人生画上了精彩的句号。

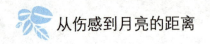

我那件事，你那个人

胡　识

人的活动如果没有理想的鼓舞，就会变得空虚而渺小。

——车尔尼雪夫斯基

我读初中时，特别喜欢把好歌词抄在两块五毛钱的本子上，这个习惯一直保持了三年，抄了好几本。每次同桌想唱歌，我都会把本子借给他。看着我那歪歪扭扭的字体，他总会得意扬扬地嘲笑我说："鸡架子，你不但读不好书，连你写的字也是鬼画符，你对的起这些歌吗？"我简直快气炸了，将本子又夺回来，气急败坏地说："你借我的东西不给我买汽水喝就罢了，还嘲笑我，我会让你后悔的！"但我个子矮，又瘦，打不过只好偷偷地继续抄歌词，我发誓我要在音乐这个领域杀出一条血路来。

我上了高中，竟然会创作歌词了。每次上语文课，我都不听讲，拼命地在座位上创作歌词，一边写又一边小声地哼唱。直到高中毕业，我已经创作了 400 多首歌词，至今都被我收藏在一个女孩子送给我的盒子里。我曾抄了三年歌词，创作了三年歌词，可却没有创造一个好的自己，因为我成了同学中最差的那个学生，沦落到像野鸡一样小的大学，我管我读的那所大学

叫"野鸡大学"。在野鸡大学学中医，实在太压抑了，感觉每天都无所适从，便开始接触网络，玩BBS。我看别人写长篇小说，都会在题目后面加上"连载"两个字。我不懂，便问一位网名叫"土炮"的朋友，那是什么意思。土炮说，那就是持续更新的意思。我长长地吸了口气，感觉特别开心，像收获到战利品。我立马翘课跑到学校网吧，将我的帖子也加上"连载"两个字，然后每天晚上都跑到网吧，像打了鸡血的战斗机，更新我的东西。

后来，让我感到惊奇并越发冲动的是，竟有很多人给我好评，还有人说要和我合作，我负责写歌词，她就负责谱曲，土炮负责演唱，我们的组合便是"炮灰乐队"。我竟有了自己的核心团队，那阵子我很快乐，简直就像那突然没了斗鸡眼的小子，我时不时地跑到野鸡大学的天台上望着天空，天空会飞过一群大雁，一会儿呈"一"字排开，又一会儿呈"人"字结构，总之不论它们怎么飞，怎么排，那都意味着我们永远是第一。可让我得意的日子并不长，因为后来有一天，领唱的土炮哥向谱曲的辣椒妹表白没有成功，他一气之下就将我们的组合解散了。炮灰乐队成了名副其实的炮灰，我们从来没有在别的乐队跟前输掉一场比赛，我们只败给了自己。

离开炮灰乐队以后，我便又常常跑到野鸡大学的河里游泳，真希望自己有一天上不了岸，这样就不用讨厌现在的自己，也不用面对辣椒妹。自从辣椒妹拒绝了土炮哥后，她就开始每天缠着我，说她喜欢我。但我不喜欢她，我不喜欢长得像辣椒，又有着辣椒性格的女孩子，即使她才艺了得。

我从骨子里认为辣椒妹只适合土炮哥。

有时候，人的命运是无法用统计学计算出来的，有一天，一个在传媒公司上班的大哥找到我,他说看中了我其中的两首歌词,要和我签约。之前,我从没有看过合同,也没拿过稿费,但那次我真觉得那一切就像做梦,亮得耀眼。我用所获的 1500 块钱稿费请来土炮哥和辣椒妹吃大餐,我记得那个晚上,我拼命地对他俩陈述我的往事时,辣椒妹听着听着就哭得稀里哗啦,土炮哥将二锅头一杯又一杯地往嘴巴里送,好几次他还把酒送进了鼻子里,呛得要死。当然,土炮哥最终没有死成,反而春暖花开,因为辣椒妹终于在那晚下定决心要和土炮哥过一辈子。我认为他俩是这世上最浪漫的一对情侣,因为他们兜兜转转还能在一起。而我喜欢的女孩子,那个送我盒子的女孩子却早已成了别人的女朋友。

土炮哥一直都喜欢辣椒妹,辣椒妹最终看到了土炮哥的好。我们又回到了曾经在一起的快乐时光,我们还是一起唱歌,一起在野鸡大学大吃大喝。只是我们不再叫炮灰乐队,因为后来我成了一名青年作者。

在我没有成为作者之前,我以为被签了两首歌词,将来由某个大歌星演唱,我的作词名气就会不胫而走。可时至今日,那两首歌词还是周遭不幸,没有哪位歌星站出来给我唱歌。我的心忽然在那会儿冷了半边,于是我疯狂地看书,发疯似的撰稿,即使刚开始写得惨不忍睹,我还是会看着那些干巴巴的字眼而自娱自乐。我庆幸我最后成了那个讲故事而不是抄歌词、写歌词的人。因为我的故事,我时常能收到一些读者朋友的来信,每次和他们谈及写作、生活和情感经历时,我就如获至宝般滔滔不绝。

抄歌词、写歌词曾把我变成了那个差等生的同时,也让我找到了自己,找到了自己最喜欢做的事。我结交了很多朋友,我过得比以前要好,活得越来越有信心。我曾一直认为自己差得惨不忍睹,总会不由自主地摸着自己的短头发,抓着自己那瘦弱不堪的手而不敢对那个女孩子说出"我喜欢你"。我曾认为这世上的每一场暗恋都是暗无天日的奔跑,因为暗恋就是不再相恋。但某天,有个女孩子写信问我,什么才是喜欢一件事或者一个人,我终于大胆地对她讲了我的初恋这个故事,我回信告诉她,喜欢一件事就是像我这样,而喜欢一个人也就像我喜欢做这件事一样。她看后,又回信对我说,她终于找到了自己,找到了她喜欢的那件事、那个人。

也许你这个时候也不到 30 岁,和曾经的我一样,找不到自己喜欢的那件事、那个人,但只要你还相信自己可以等到那个年纪并为之努力,有一天,命运一定能够让你如愿以偿。

人生就是定性,知事,选梦,遇人,择城,终老。愿每个人都可以尽早地找到自己喜欢的事和那个陪自己一生的人。

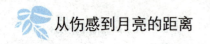

与世界轰轰烈烈地说再见

云轩一士

生命在闪耀中现出绚烂，在平凡中现出真实。

——伯克

英国女子安内特·毛德是一位全职家庭主妇。从 23 岁结婚开始，她大半辈子的精力都花在相夫教子上。孰料在 55 岁生日前，她患上了乳腺癌晚期。

生命最后的时光，丈夫一直陪在她的身边，两个孩子特地请了长假，照顾母亲，尽着子女的孝心。尽管亲人们期盼奇迹的发生，不过毛德的生命依旧一点点被病魔蚕食。

她明白自己的时日已经不多，便越发对这个世界产生一种难以言状的依恋。她决定不再手术。她想有尊严地离开人世，为生命画上一个绚烂的句号。如何才能算是一个完美的休止符呢？这个问题长时间萦绕在她心头。

她想看看窗外的景象，呼吸一下新鲜空气。白天的大部分时间，要进行各种药物和辅助治疗。只好利用晚上的时间，由丈夫推着坐在轮椅上的她离开病房。这是一个月光皎洁的夜晚，天上闪烁着繁星。她像孩子一样仰望着星空，似乎那里藏着无尽的秘密。

时节已是深秋,一阵秋风袭来,她顿时感到一阵瑟缩和寒冷。正当她感慨生命的脆弱和无常时,正东方的夜空中出现一束烟花。朵朵烟花腾空而起,有的红如血,恰似红梅;有的白如玉,酷似雪莲。有的像仙女散花,一簇簇一群群冲上天空,又慢慢落下来,千姿百态。它们忽而像明灯,红光闪闪;忽而又像繁星,银光熠熠。

面对这"火树银花不夜天",毛德深深地陶醉了。困扰心中的问题迎刃而解:空中的一朵朵礼花,尽管持续的时间很短暂,却将最美丽的一面绽放给世人看。那么,是否可以将自己的骨灰制成烟花,在燃放的那一刻点亮夜晚的星空,开启属于自己的荣耀一刻呢?

她将心中的想法告诉家人,起初没有得到丈夫的理解。按照传统习俗,火化后的骨灰应该被安放在墓地中。可如果骨灰被制作成烟花,残存在这个世界上唯一的痕迹也抹去了。不过两个孩子一再劝说父亲满足母亲最后的愿望,他最终同意了。

家人找到一家烟花公司,希望他们能在毛德过世后,将毛德的骨灰加工成特制烟花。公司的负责人蒙了,因为此前从来没有接到过这样的业务。毛德家人反复地恳求,负责人才松口说试试看。细节谈妥后,毛德的丈夫在协议上签下了自己的名字。

两个星期后,毛德走完生命最后的旅程。家人把骨灰盒交给烟花公司,耗费整整两周的时间,毛德的骨灰被加工成 250 只特制烟花。这些烟花被带到毛德出生的地方,引线被点燃,烟花变幻出各种美妙图案照亮了夜空。在这个特别的地方,毛德的丈夫热泪盈眶,他和孩子们亲眼见证妻子对世界最后的告别。这一重要的时刻,他用摄像机记录下来,同时永久地刻在他的记忆中。

用骨灰制作烟花的事,被毛德周围的邻居知晓,很快又有人找到那家烟花公司。这家烟花公司的经营效益并不好,一直处在不死不活的境地中。负责人猛然意识到他们可以开设这样一项业务,既满足家人心理上的需求,也能为公司带来丰厚的收益。烟花葬逐渐成为一种新的殡葬方式,受到越来越多人的欢迎,这家烟花公司每年要接到几百宗这样的业务。

大多数人的一生是平凡和普通的,很少有夺人眼球的亮点和波涛。烟花葬就是用一种轰轰烈烈的方式向这个世界说再见。

人生匆匆,出生的方式我们无法选择,但我们可以选择告别的方式,轰轰烈烈向那片故土说再见,也算是为人生画上了精彩的句号。

一场奇迹式的表演

张珠容

信念是鸟,它在黎明仍然黑暗之际,感觉到了光明,唱出了歌。

——泰戈尔

十年前的某天早上,奥地利维也纳的某条街道热闹非凡,因为一个名叫杰克·爱德华的记忆神童将在下午到达此地,为人们进行一场奇迹式的表演。此刻,表演团的几个成员正精心准备着。他们在街道一个广场圈定一块地方,然后搬出一张长桌、一台电脑。

听到神童表演的消息,街道上一个名叫琼斯的中年妇女高兴极了。她急急忙忙赶回家去大喊:"巴雷尼,去吧去吧,下午有场精彩地演出!"可她叫了半天,巴雷尼也没有回话。

巴雷尼是个苦命的孩子,从幼年起,就饱尝生活拮据之苦。更为不幸的是,他患上了骨结核,而由于得不到很好的治疗,他的膝关节变得很僵硬。今年,15岁的巴雷尼虽然坐上了母亲自制的轮椅,却想放弃学业。

母亲好说歹说,巴雷尼终于答应出去逛一逛。

下午两点整,记忆神童杰克·爱德华出现了。这是一个身材瘦小、脸庞清秀的男孩,右脸颊还有一道清晰的、红色的蝴蝶形胎记。和他一起的还有两个人——一个负责主持的性感女人以及一个负责操作电脑的络腮胡男人。此刻台下挤满了观众,巴雷尼在琼斯的陪伴下坐在一个角落里。

台上，主持人开始宣布表演的内容以及规则："大家知道获得 8 次世界冠军的记忆专家多米尼克·奥布莱恩先生的记忆纪录吗？他能一次性记住 54 副正在玩的扑克牌。但是，我们今天的主角杰克·爱德华比记忆专家还要厉害，因为他能记住 20 世纪里的任何一天是星期几。要做到这一点有多难呢？记忆日子需要 70% 的记忆以及 30% 的数学运算。今天，我们将采取互动的形式，即你们任意报出一个日子，小杰克回忆当天是星期几。如果他是随意乱猜，那么连续猜中十次的概率是两千八百万分之一。现在大家看到杰克坐在长桌的一侧。而我们的电脑操作员本杰明坐在长桌的另一侧，他的任务是在你们提问之后立即搜索正确答案，让电脑验证杰克的答案是否正确！"

在一片欢呼声中，表演开始了。台下数十名观众纷纷举手，要求参加表演。主持人让他们全部走上台轮流发问。在提问之前，一个观众还特意检查了杰克的耳朵，确认他没有佩戴窃听设备。

一个长发女性首先问道："第一个试管婴儿是 1978 年 7 月 25 日出生的，请问这天是星期几？"

围观在电脑操作员本杰明旁边的观众看到，电脑里显示的是"星期二"。

"星期二。"杰克回答。

本杰明宣布答案正确之后，场下一阵骚动，继而响起一片掌声。

一个戴眼镜的观众接着问道："人类首次用核能发电是在 1951 年 12 月 20 日，那么这天是星期几？"

"星期四。"

"1929 年 10 月 29 日,股市崩溃。"

"星期二。"

"1977 年 9 月 5 日。"

"星期一。"

"1989 年 11 月 9 日。"

"星期四。"

……

在近一个小时的时间里,现场的数十名观众都向小杰克报出了不同的日期。他们每次提问之后,杰克不出十秒就会给出答案。而这些答案,每个都是正确的。

"太棒了!""真是记忆神童!"现场的每个人都觉得这太不可思议了。就连一向不爱说话的巴雷尼也忍不住问母亲:"这太神奇了,妈妈,他是怎么做到的?"

琼斯摇摇头说:"我也不知道他是怎么做到的。但可以肯定的一点是,为了记住这些日子,小杰克下了很大的功夫,他瘦弱的身材足以证明这一点! "

散场的时候,现场的观众为了表示对小杰克的敬意,纷纷向他送去硬币、礼物,甚至是可口的食物。巴雷尼也把自己身上佩戴的一个十字架挂饰送给了杰克。琼斯惊讶于巴雷尼的举动。她不知道,杰克的精彩表演和自己刚说的几句话已深深烙在儿子的心里。这个半瘫痪的大男孩决定站起来,并继续自己的学业。那天晚上睡觉前,巴雷尼对自己说:"能不能创造出类似于杰克那样的奇迹,总要尝试后才知道!"

之后的日子,巴雷尼每天都主动跟着母亲练习走路、做体操,直到累得满头大汗为止。终于,他的病情得到了控制,能站起来缓慢行走了。在学业上,巴雷尼则十分刻苦地学习。五年之后,他以优异的成绩考进了维也纳大学医学院。而十年之后,他已经能用高超的医术去解除成千上万残疾孩子的痛苦了。

巴雷尼如愿以偿创造出了自己的奇迹。当然,这还不是故事的最终结局。2013年冬天,巴雷尼出差到英国。一天,缓慢走在伦敦街头的他突然看到了一张熟悉的面孔——一个右脸带有红色蝴蝶形胎记的青年。

巴雷尼忍不住上前去问:"你是不是杰克·爱德华?"

青年点了点头,继而诧异地问巴雷尼怎么会认识自己。巴雷尼于是把十年前杰克到维也纳表演的事情说了出来。没想到,杰克当即就惊呼起来:"哦,天哪!我以为我躲到伦敦,人们就能忘记我这个小骗子,但事实不是这样。"

接下来,杰克揭开了一个惊天秘密:"10年前,我被两个骗子多拉和本杰明收留了,就是你当年看到的主持人和电脑操作员。一个偶然的机会,他们了解到一个事实:人类听到高频率声音的能力会随着年龄的增长而退化,因为我们耳朵里能侦测到这些声音的细胞在退化。也就是说,19岁以上的人几乎都听不到超过16千赫的高频率声音。当时的我只有12岁,所以多拉和本杰明就利用我能听到高频率声音这个生理特征,进行行骗。每次我们在现场,本杰明搜索出答案之后,就会敲击键盘上一个能发出高音调的按键,向我提示正确答案。响一声就代表星期一,响两声就代表星期二,依此类推。在现场,成年男女听不到这个声音，而一些小孩子虽然能听到，却不易识破出我们的骗局……"

停顿了一下，杰克继续说："我讨厌欺骗别人，更讨厌生活在谎言里，所以，跟着他们行骗一段时间之后，我就偷偷溜走了。现在，我在伦敦当一名面包师，每天靠双手挣钱！"

听了杰克的讲述，巴雷尼感慨不已。是啊，自己一直认定的奇迹竟隐藏着一个天大的谎言！但是，如果没有这个谎言，自己也不会创造出今天的奇迹！

一场欺骗性的神童表演却帮一个瘦弱的小男生树立起生活的信心，走出黑暗，点亮他活下去的信念。信念可以拯救整个人生。

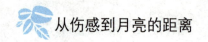

弯腰面前

简　宽

青春似一日之晨，它冰清玉洁，充满着遐想与和谐。

——夏多布里盎

杨教授要来学校举办讲座了。同学们奔走相告，对于这位顶尖级的人物，那是需要仰视才能见到的！有幸能倾听到他的讲座，兴奋之情直涌心头。

杨教授今天讲座的内容是他的拿手戏——"心智激励"的演说。领导热情洋溢地向同学们介绍杨教授光辉的个人经历和显赫的学术地位。礼堂内如雷贯耳的掌声说尽了同学们心中的无限钦仰。

讲座在舒缓的伴奏声中拉开序幕。杨教授的讲座精辟精妙，他对人类的心智鞭辟入里地分析让大伙儿听得心悦诚服。在大伙的心中，这位双目炯炯有神的大师眼里的每一道光都透露着非凡的智慧。

在讲到"人的心理愿望与生命长度的冲突"问题时，杨教授提了一个问题让大家作答。大伙儿七嘴八舌，礼堂顿时一片嘈杂。杨教授作了个暂停的动作，然后亲切地走下台，将话筒递给前排的一个女生。那位女生几乎完美地回答了教授的问题。教授满意地点点头，问："今年多大了？"女生回答："21岁。"杨教授再问："很好，花一般的年龄，可如果你的生命明天就结束呢？"那位女生突然一脸惊悸，哑口无言。

礼堂内一片嘘声。

几乎所有人都在心里大喊："不可能！"怎么可以这样诅咒人？我们还年轻、健康，不可能！绝不可能！我们正值青春年少，理想满怀的年龄！我们的一

切刚刚开始。

这时候,杨教授回到了台上,极为温和地说:"同学们,每个人的抽屉里都有一张纸,请你们拿出笔,写上你一生中最想实现的 5 个心愿。"

大伙儿纷纷从抽屉里头取出早已备好的纸页,根据教授的提示,写上自己一辈子最想实现的心愿。

会场立刻回到原有的静寂,同学们在一番深思后,郑重写下了 5 个心愿。

完毕,杨教授在黑板上画了一条长长的红线,并把它分成了 6 截线段,然后郑重其事地说:"同学们,假设这就是你们的生命线,每个人的生命长度为60 年。"杨教授目光深情地环顾下四周,继续说:"可是,人生不如意的事十有八九,倘若你生命的长度只有 50 年,现实迫使你不得不舍去人生中的某个心愿,给你 1 分钟,请你将那个心愿撕掉!"

场下,很快就响起"嘶嘶"的声音。

"生命的旅程中,因一场突如其来的灾祸,使你的生命长度只有 40 年了……"杨教授说着,旋即转身又将生命线擦去了一截。场内很快又响起了一片的"嘶嘶"声!

可是,没想教授却又迅速地擦去一截,"飞来横祸使你的生命时光又缩短10 年,你的生命越发的短暂,你还能做那么多的事吗?"教授声色严厉地说,"你必须在所剩的愿望中选择两个,然后全力以赴!"

这时候,台下的同学们一个个沉着脸,前排的女生纷纷埋着头。台上,又传来教授严厉的声音——还有 15 秒!大伙的心都像被鼓槌重重捶了一下。突然,场内再次响起了一阵快速而有力的撕纸声……

杨教授站在台上,目光如炬地看着台下的每一个人,他深深地吸了口气,然后说:"明天,明天将会是怎样?谁能意料得到?我们不是神,我们无法驾驭自己的未来。"他猛地转身,欲再擦去黑板上的一截线段。突然,前排刚才的那个女生抑制不住内心的激动,猛地站起身:"教授,不——"没等她说完,黑板上已剩下最后一截线段了,大家瞠目结舌地望着那最后的一截线段,它像一条搏动着的血管,在每个人的眼前跳跃着,闪烁着。继而,教授大声喝令:"往下撕下！撕得粉碎！"

在场的每一个人，都深陷在这两难中，场内的空气仿佛被凝固了，令人窒息！女生们一个个双手紧捂着脸，轻轻的啜泣声蔓延在礼堂的每一个角落。

正当教授举起手来，要大家往下撕时，顷刻间，礼堂的上空，飘起一片白色的碎片，同学们放肆地把手中撕碎的纸片抛向了空中，白色的纸片像雪花般地洒落一地。大伙儿紧捏着最后一个心愿，揪心地望着杨教授手中的粉笔擦，生怕一不小心这"唯一的心愿"再被无情陨落……

这时候，杨教授站到了台前，举起话筒，饱含深情地向台下的每个人说："同学们，有些时候，我们就活在即将发生冲撞的轨道上一无所知，无论它是蓄意已久的还是意料之外的，对此我们都无能为力。生命是一片渺茫的天空，但我们可以学着做一只逆飞的蜂鸟——从终点出发，驶向起点，我想，那样不管是怎样的飞翔方向，我们将会发现什么才是最值得我们捧在掌心的东西，从而透彻人生，轻装上路！"

话毕，杨教授轻轻走下台，向着我们，深深地鞠了一躬。

欢呼声、尖叫声、掌声响成一片！这个弯腰，悄悄击碎了我们郁结于心的困惑、迷惘、无知与贪婪，一颗沾满尘埃的心灵，被这深深的一弯腰轻轻地揉捏住；在这个真诚的弯腰面前，大家无不为自己的贪婪感到羞惭。是啊，人的欲望是那样真实地攫住了人心，而生命的长度又是那样真实地拯救了人心。

那些匆匆逝去的青春年华里，谁不曾有过一丝心动。乌黑的马尾、干净的校服、洁白的帆布鞋，甚至一块小小的橡皮擦都会让内心荡起层层涟漪。

让太阳"再来一次"

梅若雪

锲而不舍,金石可镂。

——荀子

人生永远需要"再来一次"。

1967年,她从威尼斯利学院毕业后,因为爱好广泛,成绩优秀的缘故,许多单位向她伸出了橄榄枝。这一下可把她难住了,做什么好呢?当她带着这个问题去问父亲时,父亲问:"你最喜欢的是什么?""写作。"她不假思索地回答,"我喜欢与人一起工作,对世界上每天所发生的事情都充满着好奇,但我特别喜欢文字的力量。"

在父亲的建议下,她去说服了路易斯维尔市 WLKY 电视台的新闻主任,最终成了该电视台的一名新闻记者。

她每天都要出外采访,一旦回到办公室便对着打字机又开始忙碌起来。她太喜欢这样一种氛围了:那跳动的文字,那从文字中闪现出的深刻思想,那从指间流泻出的新鲜有趣的故事或新闻,让她一点也不知道劳累。

就这样,她一直工作了两年多。然而,某个晚上,她躺在床上,却久久不能入梦,因为她开始感到不安了。她问自己:"一辈子就这样穿梭于各个地方采访,然后面对打字机吗?"答案是否定的。

1969年,她的父亲在一次车祸中不幸丧生,由于有司法部门介入,父亲的后事处理得较为公平。这让他想到了父亲生前教诲她的点点滴滴,她决定寻找一份不同的工作,同时也点燃了在司法部门或政界工作的想法。

一天,她父亲曾经的一位朋友给她出主意:"到华盛顿怎么样?"这一下,让她宛然看到有明亮的光线在前面跳动。几个月后,她登上了飞往华盛顿的飞机。

尽管她在白宫官员的眼中,就像一个刚刚进村的姑娘,但她还是很顺利地被白宫新闻办公室录用了。那是一段让她特别着迷的日子,新闻办公室设在白宫的西翼,在这个白宫与新闻媒体之间信息流动的枢纽中,她不分白天黑夜地忙碌着。让她不曾料到的是,"水门事件"发生了。1974年夏天,时任总统尼克松辞职,她被安排到设在加利福尼亚州圣克莱门特的过渡时期的工作队。

她心中只有文字,而这项工作似乎与她想要的文字不再那么亲近。正在惶惑间,一天,她意外地接到了一个电话,打电话的人是著名女作家凯瑟琳·马歇尔。凯瑟琳在电话中告诉她,说自己要和丈夫来看望她。见到凯瑟琳时,她感受到了隐含在凯瑟琳目光中的意思:"下一步是什么?"她心中再一次涌起了一股无所畏惧的力量,自己一定要勇敢面对未来的人生。

不久,她加盟了美国哥伦比亚广播公司,在那里当了三年的"早间新闻"的主播后,又加入了《60分钟时事杂志》节目组。她和她的团队常年像飞轮一般忙得团团转,但她觉得非常充实。她办公室的柜子里常年放着一个旅行包,一旦接到任务就立即飞往目的地。1989年2月,受到美国广播公司的邀请,她再一次去领略生命中的不同风景。

她就是美国的黛安·索耶。

2001年,黛安·索耶被美国《妇女家庭》杂志评选为全美30位最有影响的女性之一。2007年,她在《福布斯》杂志评选的世界100位最有影响女性中排名第62位。如今,她更是被美国人誉为"手持麦克风的森林女神",美国新闻界还称她是"神话中的公主"。

当有人问起她成功的奥秘时,她向人讲了一个故事。

17岁的时候,她以一名高中生的身份参加了在亚拉巴马州莫比尔市举行的"美国小姐"比赛。选美的最后阶段,因为种种原因,她几乎要放弃了。一天,著名女作家凯瑟琳·马歇尔走进了她们的彩排室，对她们说："你们已为自己确立了目标,这是一件好事,因为目标是追求的动力。但我认为你们没有把目标确立得更高。你们有天分,有智慧,也有机会。你们应该扩大自己的目标,设想你们一生中做的最大的事情。也就是说,无论做什么事情时,一定还要问:下一步是什么？即敢于心怀更大的目标。"

女孩们都在忙着整理她们的出场服装,但唯有她认真地听着,凯瑟琳的话让她目眩,就像她突然被明亮的光线攫住！于是她想到,凯瑟琳的话多么像父亲一次对她的教诲——

那是在她5岁时,一次,父女俩在海滩上玩了一天,她觉得父亲很了不起。突然,爸爸指着衔着海天一线的落日,说:"下去,下去,下去！"太阳果然缓缓往下沉,直到彻底消失。小黛安看呆了,接着又辟噼嘭嘭啪啪鼓起掌来。但一会儿,她又意识到什么,说:"爸爸,请您再来一次好吗？"

爸爸也正是希望女儿说出这样一句话,不过,当时他什么也没有说。第二天,父亲带着小黛安又来到了海边。傍晚,依然是红红的太阳衔着海天一线。父亲又扬扬得意地说:"下去,下去,下去！"

小黛安顿时明白了:父亲果然"神力无边",他的神力就在于让太阳"能够"再来一次。

那一年,她击败了所有对手,顺利成为选美冠军。从此也让她记住了凯瑟琳的话,使得她心中永远有父亲那"能够"再来一次的太阳。

"再来一次",不只是因为黑暗,而是由于心中有一个大目标,永远有梦。因为太阳可以一时被风雨打败,可以被黑夜吞没,但它从不放弃新的尝试,不忘再一次升起……

一个人可以被打败一次,两次甚至很多次,可是如果不放弃希望,一直坚持走下去,那就会离成功越来越近。你的苦难和付出,上帝是可以看见的。

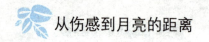

青春是一段危险的旅程

阿 杜

什么都是短暂的,只有怀念和失去是漫长的。

——独木舟

1

林冬儿转学来之前,我是班上风头最劲的女生。成绩优秀自不必说。作为学生,那是我应该做好的事。能歌善舞也不值得一提,女生哪个不爱唱唱跳跳呢?

我最自豪我是学校里最拉风的女生。虽然长相一般,但我个头高挑,而且知道扬长避短,会用服装和一些小饰品来给自己增色。就算穿校服的时候,我也会在衬衣上下足功夫,把自己青春的华美尽可能的铺陈开来。我很享受别人注视的目光,很享受那些羡慕嫉妒的眼神,我从不在乎流言蜚语,每天把自己打扮得光鲜亮丽成为众人仰视的焦点。

在这所县城的中学里,我这个从市里来的女生如鱼得水,过得快乐无忧。我的身边总是跟着一大群的同学,他们众星捧月般围绕着我,时常让我觉得自己像个至高无上的女王。他们宠着我,让着我,帮着我,为我的每一个出格言行鼓掌喝彩。

这样风光的日子一直持续到林冬儿出现。

2

林冬儿是从省城来的。她的情况和我一样,因为父母的工作调动才转学

过来。

林冬儿来的第一天,就在学校里掀起了一场风暴。她的美首先就把班上的同学惊呆了,长发飘飘、裙裾飞扬的她仿佛落入凡间的仙子。班上的同学睁大眼睛,一脸惊艳。有个男生说:"林冬儿比山楂树下的周冬雨还要美和纯,她的眼睛比天上的星星还亮。"

我很不屑那些目瞪口呆的同学,觉得小县城的人就是没见过世面,不就一美少女,有什么了不起?也敢和周冬雨相提并论?真是笑掉了大牙。只是凭心而论,林冬儿确实长得好看。她不仅高挑,而且皮肤白,五官秀美,那袭长至脚裸的棉布白裙更是为她加分不少。

只是我不喜欢她。从她进教室的那一刻开始,我就知道她注定要抢走属于我的风头。林冬儿脸上挂着浅浅的笑,初来乍到,她却没有一点紧张。

课间休息时,许多女生主动围过去找她说话。林冬儿倒也来者不拒,对谁都笑脸相迎,虽然话不多,但很得体。如果从一开始,我也像其他女生一样,与林冬儿友好相处,我想,我们该会成为朋友吧?至少不会像现在这样。

看着大家热情洋溢地围着她说话,我心里很不是滋味。我做不出强颜欢笑的样子去接近她,脸上的表情出卖了我对她的敌意。当同桌对我说放学后一起邀林冬儿回家时,我冷冷地拒绝了。我说:"你们去吧,我没空,文学社还有个会议要开。"其实根本没什么会议,我只是不想主动去迎合林冬儿。凭什么她一来,我就要陪她一起回家呀?

我也很恼怒这帮同学,都是一群见异思迁的家伙。她长得漂亮,大家就一股脑儿全围过去了,根本不在乎我会不会生气。其他班的同学闻风而动,听说我们班来了个大美女,一个个在课间时都跑过来瞧个究竟。林冬儿的美没有让大家失望,几天工夫,从省城来的林冬儿就被众人推选为全校最漂亮的女生。

我听说这事后表面上风平浪静,其实内心里波涛汹涌。我再怎么折腾,也没人说过我是最漂亮的女生,尽管我每天都打扮得花枝招展。

走在校园里,总能听到一些同学在议论林冬儿,说省城来的女生就是不一样,气质高雅,天仙似的。我还听到有同学说,以前觉得肖艳挺美的,但一和林冬儿比,差别就出来了。最让我气愤的是,那人居然还说,把我往林冬儿面前一放就显得俗不可耐了。

嫉妒蔓草般在我心里暗自滋长。我每天看着盈盈浅笑的林冬儿就觉得难受,她对大家的热情不喜不惊,好像这是理所当然的事。而我做了多少努力,才让自己成为班上曾经最受欢迎的人。我喜欢自己成为众人瞩目的焦点,但林冬儿来后,这一切都变了。

同桌见我火气大,很奇怪地问我怎么了。我瞟了林冬儿一眼,愤愤地说:"没什么,就是不爽。"心思灵敏的同桌,很快就知晓端倪,她凑过头来说:"肖艳,你干吗自己找不痛快?和她好好相处不挺好的,闹什么别扭呢?她人挺好的。""我没你们那么热情友善。她从省城来就了不起呀?我得贱贱地贴过去跟她好?"我说。

我没想到,我言语中的不屑伤害了同桌。当同桌把我的原话在班上传开时,很多曾经跟我亲密相处的同学都疏远了我。她们说,贴不起我这个从市里来的大小姐。

3

仿佛一夜间,我就变成了孤家寡人。只是当时心情正烦闷,我根本不理会大家的反感排斥,反而言语上更加尖酸刻薄,时常因为一丁点的小事就和同学吵架,弄得自己像只人人难以接近的刺猬一般。

我把这一切转变都归结到林冬儿身上,更视她为眼中钉。如果林冬儿仅仅漂亮,我也根本不会把她放在眼里,但她的成绩居然比我还好,这让我颜面何存?我最看不起那种花瓶似的白痴。在我心里,一个女生不仅要漂亮,还要成绩好。品学兼优是我追求的目标,只是在双眼被嫉妒蒙蔽时,我已经忘记了最重要的"品"字。

以前,我再怎么爱出风头,也是把学习放在第一位的。当林冬儿来后,自知相貌上不如她,我就挖空心思打扮自己。我穿奇装异服,我把自己柔顺的短发烫成了爆炸头，我装作盛气凌人，目空一切，觉得这样才有范儿。

我的心思没有放在学习上，成绩一次考得比一次差。刚开始，林冬儿超过我时，我只认为那是"偶然"，但接连几次，她都独占鳌头时，我才惊觉自己与她的差距。在她来之前，我的作文每次都是老师在班上朗读的范文，可是她一来，这一荣耀也属于她了。

嫉妒像一枚刺一样埋在我心里，折磨得我夜不能寐。我脸上的笑容消失了，对自己也愈加没有信心。林冬儿轻易就取得了我曾经花了很多努力才得到的荣耀，她不施粉黛，素面朝天，大家说她天生丽质，而把我挖空心思的装扮说成庸俗。

我的心里充满了沮丧，我不知道自己要如何做才好。最让我难受的是这一切都是我单方面的敌对，林冬儿从来没把我放在心上，更不曾与我有过任何比较。这种暗自较劲，却被无视的痛苦让我心里如虫噬一般。如果她能接招，或许还能激起我的斗志，可是她并不知晓我在与她较劲。

林冬儿不知晓，但班上的同学都看出来了。他们窃笑不已，让我感觉背脊如芒。

4

学校知识竞赛前，老班指定我和林冬儿组成一队，我拒绝了。老班很疑惑，林冬儿也很疑惑。

老班询问我原因，我只回了一句："我不想当别人的绿叶。"老班看着我，说："怎么就会是绿叶呢？你们各有优势，互补就是最强的组合。"

她是最强的，我不是，这点我不敢告诉老班，怕老班觉得我嫉妒心太强。但身边的同学，谁都看出来了，我嫉妒林冬儿，嫉妒她比我漂亮，嫉妒她一来就赢得了众人的好感，嫉妒她轻轻松松成绩就超过了我。她的一切都让我嫉妒，嫉妒冲昏了我的头脑。

我觉得自己确实像只刺猬，一根根锋芒的利刺，伤了别人更伤了我自己。自信满满的我变得易怒、暴躁，再也不是当初那个最拉风的女生。在林冬儿面前,我有一种无力感,无论我如何努力,我样样都不如她。

我没想到林冬儿也会来找我。面对她的盈盈浅笑,我低下头没有勇气对视她真诚的目光。她说:"肖艳,为什么拒绝和我组队?我们之间不能成为朋友吗?"

我的头垂得更低了,无颜相对。

"肖艳,如果我有什么对不住你的地方,原谅我,好吗? 我想和你成为朋友。"林冬儿接着说,她的手轻轻搂住我的肩膀,让我感受到了从她指间传递过来的温暖和真诚。

"对……对不起! 我……我一直嫉妒你,你没有错,是我的心胸太狭隘了。"面对林冬儿的友善,我红着脸支吾。我早就后悔了,我不该作茧自缚,一开始就把自己推到和林冬儿对立的一面,让自己举步维艰,陷入孤单,再也找不到快乐。如果从一开始,我就能够以一种宽容大度的姿态,欣赏林冬儿,并且真诚地和她建立起友谊,那该是多美好的事。

林冬儿听后,嫣然一笑说:"这样呀,其实你不知道,我也很嫉妒你的,你知道你的身材有多棒吗? 做好朋友吧,我们以后都不嫉妒对方了,我们互补,才是最完美的组合。"

林冬儿的话听得我心里暖暖的,望着她灿烂的笑颜,我难为情地低下头,紧紧抱住她。

我终于明白了:青春是一段危险旅程,而嫉妒是毒药,唯有真诚地欣赏比自己强的对手,取长补短,才能让自己变得更优秀。

嫉妒可以是催人奋进的良药,可是如果嫉妒带来的不是正能量,而是攀比造成的病态心理,那就是可怕的。一个见不得别人好的人是不会有大出息的。

不要低估你的梦想

庞启帆

梦想只要能持久,就能成为现实。我们不就是生活在梦想中的吗?

——丁尼生

这么多年,我总是做着同一个梦。在梦里,我又是一个小女孩,手忙脚乱地做着上学的准备。

"快点,吉安。你要迟到了。"母亲叫我。

"就好了,妈妈。我的午饭在哪儿?我的书呢?"我大喊。

我知道为什么总会做这个梦,它意味着什么。这是上帝用这种方式让我想起我的生命中的一些未竟之事。

我读中学的时候是 20 世纪的 30 年代,学校在俄亥俄州的斯普林菲尔德市,虽然学校对学生要求很严格,但我热爱学校的一切。我爱书本、老师,甚至考试和作业。我渴望有一天在《威仪堂堂进行曲》的旋律中戴上博士帽。对我来说,这首歌甚至比《婚礼进行曲》更动听。

但是,我遇到了我一生中最艰难的问题。

在经济大萧条的冲击中,我的家庭是最困难中的一个。我家有七个孩子,爸爸妈妈没有钱购物,比如好的校服。每天早上,我割一块硬纸板垫住穿洞的鞋底。我们没有钱买乐器、运动服,更不可能带着礼物去参加同学的派对。我们唯有自己给自己唱歌,玩纸牌,做作业的时候用力嚼洋葱。

这些艰辛我能忍受,只要能上学,我不介意我穿得怎样或者缺少什么。

但接下来发生的事让我怎么也无法接受。我的哥哥保罗在一次意外事故中失去了生命。然后我的父亲得了肺结核,救治无望。我的妹妹玛格丽特得了同样的病,不久也去世了。

211

一连失去三个亲人的打击使我终日生活在悲痛中,我的功课因此落下了一大截。而我守寡的母亲为了维持一家人的生活,不得不含着泪继续去做一周才赚5美元的清洁工作。她的脸变成了一张绝望的面具。

一天,我对她说:"妈妈,我打算辍学,找一份工作帮一下家里。"

她的眼睛的样子交织着悲痛与欣慰。

15岁,我离开了我心爱的学校,去了一家面包店工作。我的在《威仪堂堂进行曲》的旋律中戴上博士帽的梦想破灭了。

1940年,我跟一个叫伊德的机械师结了婚,开始了一个新的家庭生活。然后,伊德决定成为一名牧师,所以我们搬到了辛辛那提,在那里他可以到辛辛那提圣经和神学院进修。随着孩子的出生,我的读书梦想永远逝去了。

正因如此,我发誓决不让我的孩子重蹈我的覆辙。我在家里摆满了书籍和杂志,辅导孩子做作业,激励他们努力学习。我的付出得到了回报。我的六个孩子都考上了大学,其中有一个成为了大学教授。

但是我最小的孩子琳达的健康有问题,她的手和膝盖的关节炎使她无法像其他孩子一样正常去上课。而且,药物副作用的缘故给她留下了抽筋、胃部不适和偏头痛的后遗症。一听到家里的电话铃响,我就恐惧不已,因为我怕打来电话的是学校的老师,告诉我琳达在学校又发病了。每天,听到这一声"妈妈,我回家了",我的心才完全放下来。

琳达已经19岁了,仍然没有取得高中毕业文凭。她重复了我的经历。1979年,我们一家搬到了密歇根的斯特吉斯。安顿下来之后,我开车到当地的高中替琳达联系上学。在学校的公告牌上,我看到了一则夜校的招生信息。

这就是我要找的,我对自己说。琳达在晚上的健康状况比白天要好,所以我准备让她上夜校。

当琳达忙着填注册表的时候,我向夜校的教导主任提起了我年轻时的梦想。教导主任用他那极具说服力的眼睛看着我,说:"尚茨女士,你为什么不重新回到学校来呢?"

我看着他的脸大笑道:"我?哈!我是一个老太太。我已经55岁了。"

但他坚持他的意见。在我没有丝毫准备之前，我被登记进了夜校的英语和手工艺班。"这只是一次尝试。"我有些无奈地对强迫我入学地教导主任说。他只是微笑。

令我惊讶的是，我和琳达在夜校都取得了不错的成绩。在第二个学期，我再次回到了夜校，并且我的成绩在一步步提高。

再次上学是一件令人兴奋的事，但这不是游戏。坐在都是孩子的教室里，我颇感尴尬，令人欣慰的是，大部分的孩子都很尊敬我，并且给我鼓励。在那些日子，我仍然有一大堆家务需要做和孙辈需要照顾。有时候，为了弄懂课堂笔记，我一直忙到凌晨两点才睡。当有些笔记我无法理解，我的眼睛就会被泪水模糊，然后责备自己："我为什么这么蠢？"

当我泄气时，琳达就鼓励我："妈妈，你现在不能放弃。"当琳达情绪低落时，我也给她打气。我们俩共同努力一起解决了一个个难题。

终于，毕业的时刻来临了，教导主任把我叫到了他的办公室。我忐忑不安地走了进去，害怕自己犯了什么错误。

他笑着示意我坐下。"尚茨女士，"他开始说道，"你在学校里做得非常棒！"

听到他的赞扬，我的脸像个小姑娘一样红了起来。不过，我感到很欣慰。"恭喜你，"他继续说，"你的同学一致投票让你代表全班做毕业演讲。"我一时不知所措。

他又笑，然后递给我一张支票。"还有，这是给你的小小奖励，因为你的努力学习。"

我看着那张支票。是3000美元的大学奖学金。我含着泪水一遍一遍地说着"谢谢"。

举行毕业典礼那晚，我被吓坏了。200人坐在礼堂里，在大庭广众之下演讲我还是头一次。我的心快速跳着，我想逃离，但我不能。毕竟我的孩子也坐在观众席上。我不能在他们面前做一个懦夫。

当我听到《威仪堂堂进行曲》的第一个音符响起时，我的恐惧在如洪水般涌起的惊喜中消失了。我毕业了。琳达也是。

好歹，我做完了演讲。当掌声和喝彩声响起时，我被吓了一跳，这是我有生以来第一次赢得这么多这么热烈的掌声。

之后，远在中西部的弟妹们给我送来了玫瑰。我的丈夫送给我一束丝绸玫瑰："它们永远不会褪色，永远不会凋谢！"

本地的媒体对我的经历做了报道。看过报道的人，有为我流泪的、有给我拥抱的，更多的是给我打来了祝贺的电话。我也为琳达感到骄傲，因为她也以优异的成绩完成了学业，如果把我的一切荣誉给她，她也是当之无愧的。

1981年的那个夜校班已经成为了历史，并且我后来继续接受了高等教育。

我经常坐下来，播放我毕业时的演讲磁带。我听见自己对观众说："不要低估你生命中曾经的梦想。如果你相信，任何事都可能发生。这不是幼稚的、不可思议的信念。只要你付诸行动，并且付出努力，你就永远不用怀疑你的梦想。"

然后，我又想起了反复出现的梦："快点，吉安，你要迟到了。"

是的，妈妈，我上学迟到了，但我的梦想最终实现了，并且它给人的感觉一样甜美。我只希望你和爸爸在天堂里能看见你的女儿和你的孙辈们，幸福地沐浴在《威仪堂堂进行曲》的旋律中。

> 当所有人都把梦想当矫情，把倔强当幼稚，把真诚当作矫情，把努力当无病呻吟，把懦弱当作真理，那只能说那些人的内心已经死了，在这个速食的社会里变成了一个速食的人。所以当有人不由分说地对其他人的梦想嗤之以鼻的时候，你要做的就是在心中默念：我有我的梦想，我就要捍卫它。
> ——卢思浩